LIVE
#ショコラ
ちゃんねる
初めまして。
バーチャル
サキュバスメイドの
ショコラです。
よろしく
お願いしますね
ご主人様

あ、
これアクセル
だった。
えへ

決して見てくれだけじゃない。
重要なのは立ち向かう意思なのだ。
俺はリゼさんがしてきた努力の万分の一も知らない。
けれど、この演奏を聴けば誰だって彼女の強さを
理解できるはずだ。
リゼ @Rize
エレキオーシャン

自作3Dモデルを売るためにサキュバスメイドVtuberになってみた

下垣

FB
ファミ通文庫

自作3Dモデルを売るために サキュバスメイドVtuberになってみた

SUCCUBUS MAID

ホーム　動画　ライブ　再生リスト

ショコラ
@Succubus Maid
チャンネル登録数XX万人
メンバーになる
チャンネル登録

第1話　バーチャルサキュバスメイドの産声

「今日もダメだったか……」

俺、賀藤《がとう》琥珀《こはく》の日課は画面上の増えることのない数字を確認して、絶望しながら溜め息を吐《つ》くことだった。

パソコンのディスプレイに映っているのは、3Dの美少女キャラクターだ。

青紫色のウェーブがかった肩までかかる髪の毛。頭には2本の角《つの》があり、瞳《ひとみ》の色は紅《あか》に染まっている。浅黒い肌がどこかエロティックな雰囲気を醸《かも》し出《だ》す。着ているのはゴシックのメイド服。そして背中には蝙蝠《こうもり》の羽と、腰から伸びる先端がハートマークの尻尾。体型もメイド服では隠せないくらいの巨乳だが、かといって胴回りは太すぎず細すぎず丁度いい塩梅《あんばい》に調整してある。スカートから覗く太ももにはガーターベルト着用という、フェティシズムに訴えかける要素も忘れていない。

俺はこの「サキュバスメイド」の3Dモデルデータをネットで販売している。

贔屓目《ひいきめ》なしで見ても俺が作ったこの「サキュバスメイド」は可愛いと思う。売れないのがおかしいレベルだ。彼女は俺が制作した3Dモデルだ。俺は彼女を作り出すためにかなりの心血を注いだ。俺の娘と言っても過言ではないほどの愛情を持っているつもりだ。娘どころか彼女すらいないけど。

だというのに彼女のダウンロード数は4から一向に増える気配もなく、最後の購入者が現れてから65日が経過してしまった。

ちなみに販売価格は1体4万円（税抜き）。販売サイトがある程度のマージンを持っていくから、俺の手元に実際に入るのは1体3万円くらい。今のところ4人に買ってもらえたから計12万円の売り上げだ。金額だけ見ると高校生の小遣い稼ぎにしてはまあまあ稼げていると思うだろう……けれど！　これを作るのにどれだけの労力と貴重な学生生活を費やしたと思っている！　時間給に換算すると300円程度にしかならんぞ！普通にバイトした方がマシだな！

もちろん時間的なコストだけじゃない。彼女を作り出すために揃えたソフト代、高スペックパソコン代、教材代、その他諸々。それを差し引いたりしたら大赤字だ。どうしよう。もうお年玉の残りは僅《わず》かだ。我が家ではお小遣いなんて制度は存在しない。「高校生になったら全部自分でなんとかしろ」が賀藤家のルールだ。

俺には上に兄さんと姉さんがいるのだが、みんな高校生になった途端にバイトを始めていた。だが俺は間違ってバイト禁止の高校に入学してしまった。

だからこそ、バイトしないで稼ぐべく！　CG制作で稼ごうと考えたのだ。

まあ、元々俺はCGデザイナーに憧れていた。だからモデリング自体は楽しい。CGを作るのは楽しい！　楽しいんだけど！　お金があればもっと楽しい！　お金がないと苦しい！　誰か、俺の娘を買ってくれ！

「はあ……」

俺は溜め息を吐きながら自分の娘を色々な角度で見たり、ポーズをさせたり、表情変化させたりしてみる。

違う！　そうじゃない！　俺が見たいのは！　他人の成果物で俺の娘が使われるところが見たいんだ！　ゲームで活躍する俺の娘、動画で活躍する俺の娘！　そういうのが見たいのに！

その時、コンコンと俺の部屋の扉をノックする音が聞こえた。

「琥珀。入るぞ」

「うん」

入ってきたのは賀藤大亜《だいあ》、俺の兄さんだ。10個上の兄さんはもう立派に社会人をやっている。IT系の会社でSEをやっているのだが、入社3年目にしてすでに主任を任されるほど優秀だ。

「なあ、琥珀。ウェブカメラとマイクいるか？」

「ウェブカメラとマイク？」

「実は職場でテレワークをしようって動きがあってな、オンライン会議用にカメラとマイクを買ったんだ。だけど主任以上は出社しろとか訳のわからん通達が来ていらなくなった。だから、お前にやるよ」

そういうと兄さんは新品同様のウェブカメラとマイクとスタンドを俺にくれた。

「え？　い、いいの？　これ結構お高いやつじゃないの？」

「はっはっは。彼女なしの社会人の財力を舐めるなよ」

「自分で言ってて悲しくならない？」

とはいえ俺も使い道ないんだよな。彼女どころか通話する友達もいないし。

「ああ、でも師匠と通話すればいいか」

俺にはネット上に師匠がいる。性別は不詳だけどプロのCGデザイナーだ。彼？　彼女？　はCG制作に行き詰まった時にアドバイスをくれるありがたい存在。実は「サキュバスメイド」を買ってくれたうちの一人は師匠だったりする。本当にありがとう師匠。不出来な弟子を許して。

でも、師匠は通話嫌がりそうだなあ。性別を隠しているくらいだし。じゃあ、結局このカメラとマイクは不要なものか。兄さんには悪いけれど。

Ｒｉｚｅ：ウェブカメラとマイクあるんならＶｔｕｂｅｒやったらよくね？

◇

俺は師匠にメッセージを送った。３Ｄモデルが全然売れないこと。宣伝にかけるお金もツテもないこと。兄さんからウェブカメラとマイクを貰ったこと。それらを報告したら、師匠から先ほどの返信がきてしまった。

え？　この人急になに言い出すの？

Ａｍｂｅｒ：いやいや師匠。声優を雇うお金なんてないですよ
Ｒｉｚｅ：お前がＶｔｕｂｅｒになるんだよ！！！
Ａｍｂｅｒ：俺男なんですけど？
Ｒｉｚｅ：今時中身が男、アバターが女のＶｔｕｂｅｒも珍しくない。むしろ中身が男だと知っている方が安心して推せる勢までいるくらいだ
Ａｍｂｅｒ：ええ……そういうものなんですかね？
Ｒｉｚｅ：そういうもんだ

そんなわけで、俺はＶｔｕｂｅｒとしてデビューすることになった。まあ、なにもやらないよりマシか。これでダウンロード数が１でも増えてくれれば、やった甲斐《かい》はあるというものだ。機材も兄さんがくれたし、アバターも自作だからタダ。声も自分がやれば無料！　いいね。世の中なんでもかんでも自分でやればタダなんだ。

グー○ル先生に助けてもらってカメラの映像と３Ｄモデルを連動させるソフトも入手したし、これでいつでも撮影する準備はできている。よし、やるぞ。

Ｖｔｕｂｅｒは生配信派と動画派がいるらしいのだが、さすがに生配信をするほどの勇気はないし、あくまで宣伝目的ということもあって基本は動画での活動をすることにした。

というわけでまずは自己紹介動画からだ。Ｖｔｕｂｅｒには自己紹介動画から始めるという不文律がある。郷《ごう》に従えの精神で、俺も自己紹介動画から入ろう。簡単だがちゃんと台本も用意した。

よし。

俺はカメラに向かって笑顔を作り、手を振った。

「初めまして。バーチャルサキュバスメイドのショコラです。よろしくお願いしますね、皆様」

死にたい。なにが悲しくて、メイドの真似事をしなくちゃいけないんだ。別に俺は男だし、心が女でもないし、女体化願望があるわけでもない。ゲームでも主人公が男女選択できるなら男を選択するし、そんな俺がどうしてこんな真似をしなくちゃならないんだ。

ってか、ショコラってネーミングセンスなんだよ。いや、俺の名字が賀藤《ガトー》だからって理由で安易につけたけどさ。冷静に考えるとなんか恥ずかしいぞ。

いやだめだ、冷静になるな！　こういうのは勢いが大事だ！

「実は……私のこの体は売りに出されています。あ、変な意味でじゃないですよ。私の3Dモデルが、です。でも中々新しいご主人様に見つけてもらえなくて……もっと色んなご主人様に私を買ってもらうため、こうしてVtuberとして活動をすることになりました」

言ってしまえば金儲けだが、Vtuberを支える層はクリエイターの苦労を知っている人が多いらしいし、推しを支えるためにお金を使う人も多い。

「ほら、どうですか？　私の身体きれいでしょ？」

俺は体を回転させたり、両手を上げたり、跳んでみたりと色々な動作をしてみた。3Dモデルとして売り込むために、いろんな角度から見て貰わなければならない。

「最後にチラッとスカートの中身を……うふふ。この先は、皆様が自分のマネーで購入

して確かめてくださいね。ダウンロードＵＲＬは概要欄《がいようらん》に貼っておきますので、良かったらアクセスだけでもしてください」

よし、スカートをちょっとだけたくし上げてエロで釣る。こうすればスケベな男が買ってくれるかもしれない。

「これから動画をいっぱい上げていく予定です。チャンネル登録者数が増えたら生配信もやるかも。だから、チャンネル登録とベルマークの通知をオンにして下さいね。それでは、さよならーさよならー」

ふう……動画を撮り終わったぞ。なんか３分くらいなのにすごいカロリー持ってかれたな……。さて、実際の動画の出来を見ていくか。

俺は出来立てほやほやの動画を再生した。３Ｄモデルの出来は非常にいい。表情もコロコロと変わって可愛いし、動きも滑らか。ちょっと調整は必要だが十分及第点。ただ、不満はある。声だ。

なんだよこの声！　かっすかすに掠《かす》れてるやないかい！　ええ。俺こんなにしゃがれ声だったの？　なんかショックだわ……。まあいいや。

俺はわずか3分の動画に4時間くらいかけて字幕を入れた。そして動画をエンコードし、動画サイトにアップする。

もう投稿した。引き返すことはできない。ああ、叩かれないかひやひやする。アンチコメントがつきませんように。

◇

翌日。学校が終わると俺は即帰宅した。昨日投稿した自己紹介の動画の伸びが気になりすぎて何も手につかなかった。もし、この動画が伸びれば、素材のダウンロードも増えて、俺のサイフも潤《うるお》う。そうすれば新しい素材も作れるし、宣伝用のホームページ作りなんかにも手が出せるかも……。

玄関の扉を開けて靴を乱雑に脱ぎ、そのまま自室へとダッシュで向かってパソコンを起動した。数秒のことなのに、いつもの倍くらいの時間がかかっているように感じる。

パソコンでブラウザを起動させて動画投稿サイトを開く。そして、自身の動画の再生回数を確認する。そこに表示されていた数字は2528再生——これって多いのか？　よくわからない。そうだ。チャンネル登録者数はどうなっている？　276人？　1日でこの数を稼げるのは多いのだろうか。トップ層はもっと稼げてそうだけれど。

そして、俺の目に入ったのはコメントだった。一体どんなコメントがついているんだろう。

[可愛い。応援してます]
[サキュバスメイド。俺の性癖にマッチしているじゃないか]
[パンツ見せなさいよ]

良かった。割と好意的なコメントが多い。もしも、いきなりアンチコメントがついたら、ショックで首を吊るところだった。
だが、次のコメントを見て俺は戦慄《せんりつ》した。

[これって声女の子?]
[声が掠れているね。酒焼けした女性っぽい]
[いや、どう聞いても男の声だろ]
[アンチ乙。ショコラちゃんは女の子だから]
[俺の耳だと男の声に聞こえるけど、女声ってお前ら正気か?]
[お前ら、女の子に対して男の声とか失礼にも程があるだろ]
[飲み屋の姉ちゃんが魂じゃないかな。俺がよく行くキャバにもこれくらいの声の子はいるよ]
[Vtuberとして活躍するなら声は大事にして欲しい]

［それな。酒の飲みすぎは健康にも悪いからね］
［メイドはストレス溜まりそうだからね。酒くらい許してやりなよ］

え？　この人たち、どうして俺が男か女かで議論しているの？　そういえば、魂《中の人》が男か女かなんて言ってなかった。というか、俺としては、男だから声でわかるだろ的な感じだったけれど。

え？　女の声に聞こえる？　こんなカッスカスの声の女性なんているの？　というか俺、高校生で未成年で酒なんて飲んでないんだけど。

「んー。あーあー」

うーん、声が掠れているせいか？

どうしよう。正直に男だって言った方がいいかな。師匠に相談してみようか。そう思ってメッセージアプリを起動すると既に師匠からメッセージが来ていた。

Rize：動画見たよ。コメ欄が凄いことになっているな
Amber：そうなんですよ。正直に男だって言った方がいいですよね
Rize：面白いしそのままにしておいた方がいいんじゃない？
Amber：そのままって……

Ｒｉｚｅ：このままにしといた方が対立が起きてコメントが伸びそうじゃん

そういう理由かい。俺としては、女性説を信じている人に申し訳ないから早い所正直に話して楽になりたいんだけど。

Ａｍｂｅｒ：わかりました。とりあえず、性別についての言及はなしの方向で

Ｒｉｚｅ：ところでダウンロード数はどうなっている？　そっちが本命なんでしょ？

あ、そうだ。忘れてた。ダウンロード数も確認しなきゃ。そう思って、素材ダウンロードサイトを開いてみる。動画効果が表れて、購入者が増えているかもしれない。しかし、現実は非情だった。66日目も数字の増加はなかった。

Ａｍｂｅｒ：ああ、今回もダメだったよ……

Ｒｉｚｅ：草

泣きたい。俺はなんのために恥《はじ》を捨ててＶｔｕｂｅｒになったと思っているんだ。

Ｒｉｚｅ：それにしても動画もチャンネル登録者数も存外伸びたねえ
Ａｍｂｅｒ：そうですか？
Ｒｉｚｅ：正直再生回数２桁《けた》、登録者数１桁を想像してたけど
Ａｍｂｅｒ：そんなに伸びないもんなんですか？
Ｒｉｚｅ：底辺も底辺の最底辺だとそうなるな。営業力もないコネもない、今更Ｖｔｕｂｅｒも目新しくない。そんな状況だとこの数字は取れている方だと思う
Ａｍｂｅｒ：そうなんですね
Ｒｉｚｅ：まあ、伸びるかどうかも運の要素が強いからな。Ａｍｂｅｒ君は運がいい方だよ。今回はたまたま、コメント欄で議論が盛んになったから、何度も再生する人が多くて伸びたんだろう
Ａｍｂｅｒ：ああ、それはありますね
Ｒｉｚｅ：まあ、動画の再生回数もだけどダウンロード数も伸びるように頑張れー
Ａｍｂｅｒ：はい。応援ありがとうございます

あとは……ＳＮＳでエゴサでもしてみるか。まさか俺がこれをやるとは思わなかった。

……動画のコメ欄では比較的否定的な意見が少なかったけれど、ＳＮＳだと本人が見えないところだからめっちゃ酷《ひど》い悪口を言っている人がいるかもしれない。なんかそう思

うと怖くなってきたな。

でも、反応を知ることは大切なことだ。俺は今Ｖｔｕｂｅｒ。視聴者を相手にした客商売なんだ。視聴者の意見を参考にして、動画をどんどんブラッシュアップしないとこのＶｔｕｂｅｒ戦国時代を生き残れない。

ということで『ショコラ』で検索してみた。お菓子のショコラしか出てこなかった。

そりゃそうだ！　お菓子しか出ねえわな！　こんなことになるんだったら、珍しい名前にすれば良かった。『Ｖｔｕｂｅｒ　ＡＮＤ　ショコラ』で再挑戦だ。すると1件の投稿が見つかった。

『新人のショコラちゃんってSNSやってないのかな？』

そういえば、俺はSNSやってないな。そうか。広報活動をやるならSNSは必須だな。盲点だった。それじゃあ早速アカウントを作ってみるか。

アカウント名は……『ショコラ@バーチャルサキュバスメイド』でいいか。アイコンは自撮り（スクショ）の画像を使って。……アカウント作ったはいいけど投稿内容が全く思い浮かばない。

え？　俺、何を投稿すればいいの？　高校に行って、友達と遊ぶこともなく、家に真っすぐ帰って、制作した素材が売れているかどうか確認するだけの毎日……楽しいか？　こんなこと呟いて。

いや、俺だって友達と遊びたいよ。遊びたい盛りの高校生だし。でも、高校生が遊ぶとなったら、カラオケやボウリングやゲーセンやカフェに行ったり……とにかく金がかかる。中学までは親から買ってもらったゲームを一緒に遊ぶっていう金がかからない遊びをしていたんだけど、高校生はどうして遊びに金をかけたがるんだろう。甚だ疑問である。友達に誘われる度にお金がないと断る俺の気持ちにもなって欲しい。早く利益を出さないとこのままじゃ、誘われることすらなくなってしまう。

そんな考えが色々と渦巻いて、最初の俺の呟き（投稿）の内容はこうなった。

ショコラ@バーチャルサキュバスメイド
お金がありません

なぜか1件のいいねがついたけれど、特にこの投稿は流行らなかった。残念。

第2話　Vの先輩

動画を公開し、SNSも開設して、本格的にVtuberの活動を始めた……のはいいのだけれど、まだ右も左もわからない。動画のチャンネル登録者数は412人。SNSのフォロワー数は387人と、日に日に着実に伸びている。しかし、素材の購入者数は未だに4人のまま。泣きたい。

ところで、俺……というか、ショコラをフォローしてくれた人はどんな人たちなんだろう。そう思ってSNSを開く。フォロワー欄にはショコラをフォローしてくれた善性の塊のような菩薩《ぼさつ》な方々が沢山いた。

フォロワー一覧を下にスクロールしていくと、なにやら面白いプロフィールの人がいた。『銀髪猫耳巫女《みこ》Vtuber』の神城《かみしろ》ニャー子？　随分《ずいぶん》と安直なネーミングセンスだなあ。中の人の名字が賀藤《がとう》だからショコラって名前つけるやつ並のセンスをしている。

まあフォローしてくれたのはありがたいので、こちらからもフォローを返しておこう。多分ニャー子さんの方が先輩だろうし。V界隈《かいわい》にも先輩後輩の概念があって、デビューが1日でも早ければその関係は決まってしまう。

俺がニャー子さんをフォローした次の瞬間、DM《ダイレクトメッセージ》が届いた。

『フォローありがとうニャ。ショコラちゃんよろしくニャー。サキュバスメイドって設定がエロ可愛くて素敵ニャ。是非今度、ニャー子の雑談枠に来て欲しいニャ！』

早っ！　え？　これ手動で打ってるよね？　botとか使ってないよな？　ってか、語尾にニャつけるだけのキャラづけって安直すぎないか……？

まあ、折角《せっかく》DM貰ったんだから返しておくか。

『こちらこそフォローありがとうございます。猫耳巫女可愛いですよね。予定が合えばお邪魔したいです』

こんなもんでいいだろう。Vtuberは横の繋がりが大事だと言われている。仲がいいアピールをすることで、お互いのファンに認知させるという効果があるのだ。だから、ニャー子さんと繋がるのも生存戦略のために必要なこと。

Vtuberの中には、特定のグループに所属していて、そのグループ内で頻繁にコラボや雑談をするというのもある。そのグループ全体を推す、箱推しという概念もあるほどだ。

だが俺は特定のグループに入るつもりはない。素材を買ってくれる人がいっぱい現れてある程度CGデザイナーとして有名になったらVtuberは卒業するつもりだ。長居はしない。

　とかなんとか考えていたら再びニャー子さんからのDMが飛んできた。

『良かったら、今日の21時から雑談配信するので来て欲しいニャ』

　いきなり⁉　まあ、暇だから行けるけども。めちゃくちゃ展開が早い。V界隈のスピードってこれが標準なのか？

　まあ、これも1つの経験だと思って、俺は「ぜひお邪魔させて頂きます」とコラボの申し出を了承した。通話は俺と師匠が使っているメッセージアプリで行うことになった。普段使い慣れているアプリだから助かる。

　さてと、時間まで暇だしニャー子さんの動画でも見て予習しておくか。相手の動画も見ずにコラボは流石《さすが》に失礼にあたると思うし。どういうキャラか把握しておこう。

　神城ニャー子、登録者数１０２７人。俺の倍以上の数字を持っている。活動開始は半年前か。１０００人集めるのに半年……この界隈も厳しいな。

　とりあえず、自己紹介動画と再生回数が伸びている目玉動画を数本見て、ニャー子さんのキャラクターを掴むことにした。DM通り語尾にニャをつけている。明るいキャラクターで一人称は自分の名前。伸びている動画はホラーゲームの実況。とにかくビビりで絶叫するスタイルで人気を集めている。

　なるほど……動画を見た旨《むね》を伝えればこちらに好印象を持ってくれるかな。

◇

配信開始10分前になった。予定通りニャー子さんとアプリを繋ぐ。

「もしもし。ショコラです。ニャー子さん。聞こえますか」

「……はい。聞こえます」

聞こえてきたのは、引っ込み思案で大人しそうな女性の声だった。声のトーンも落ち着いていて、動画で聞いた明るくて天真爛漫《てんしんらんまん》な声とは別人のようだ。

「え？　ニャー子さんですか？」

「はい……そうです。私がニャー子です。よろしくお願いします」

ニャー子さんは配信で敬語など全く使っていなかった。全くイメージとは違う素の状態のニャー子さんに俺は少し戸惑《とまど》ってしまっている。

「びっくりしました。動画のニャー子さんとはイメージが違っていたので」

「あ、私の動画を見てくれたんですか？　嬉しい。ありがとうございます。私もショコラさんの自己紹介動画を見ましたよ」

「そうなんですか？　ありがとうございます」

Ｖｔｕｂｅｒ活動は、あくまでも宣伝のためのもの。だけれど、それとは別で一生懸命撮影して編集した動画を褒められるのは嬉しい。

「3Dのガワをご自身で作られたのですよね？　凄いですね。私はイラストレーターさんに依頼して描いて頂いたんですけど、やっぱり自分で何か作れる人は凄いなって」

「ありがとうございます。そう言って頂けるととても嬉しいです」

本心からの言葉。俺の作ったCGを褒めてくれる人が現れたのは、Vtuberを始めて本当に良かったと思う。CGの出来の感想については師匠からしかコメントを貰ったことがない。その師匠も「素人にしては良く出来ている」という褒めているのだかどうか曖昧《あいまい》な言葉だった。動画のコメントにもガワのショコラを可愛いと言ってくれる人がいるし、こうして同業者に褒められるとCGを制作して良かったと思える。

「とりあえず問題なく通話できることがわかったので、本番になったら私から繋ぎますね。お話の続きはまた配信でお願いします」

「はい。配信にお邪魔するのは初めてなので緊張します」

「ふふふ。大丈夫ですよ。私が優しくリードしてあげますから。それではまた後程《のちほど》」

通話が終了した。俺はニャー子さんから通話があるまで待機することにした。そして、ニャー子さんの配信の開始時間になったのだ。

「あ、あー。聞こえるかニャ？　……ん。聞こえるようニャ。ニャー子の姿見えてる？　ん。問題なさそうニャ！」

　ニャー子さんがコメントの反応を窺《うかが》いながら確認している。先程までの大人しそうで清楚な感じの女性から、明るい雰囲気の猫耳巫女にキャラ変している。

「今日はね。ニャー子のお友達が遊びに来ているんだニャー。誰だと思う？　それはね、バーチャルサキュバスメイドのショコラちゃんニャ！」

　ニャー子さんがそう言った瞬間、コメントが少し盛り上がった。叫び声をコメントする者や、「誰？」みたいな反応をする者もいた。

　ニャー子さんのアカウントからコンタクトがあった。それを承認し、ニャー子さんとの通話を開始する。

「あー。もしもし？　聞こえてますか？」

　俺が配信画面を確認すると「聞こえるよ」とのコメントが届いた。ショコラの映像も、俺の画面を共有させることで表示されている。これで問題なくニャー子さんの配信にお邪魔することができた。後は腹を括《くく》るだけだ。

「皆様。おはようございます。バーチャルサキュバスメイドのショコラと申します～」

「ショコラちゃん。今は夜ニャ」

「ふふ。サキュバスにとって、夜は朝みたいなものなのですよ」

　謎設定の謎理論。でも、その方がサキュバスっぽいかなと。

「そうニャのかー。それじゃあ、楽しい夜にしていくニャ」

「はい。お手柔らかにお願いしますね」

　語尾にハートマークがつきそうなくらい甘ったるい声を出す。正直、男が出すような声じゃない。だけど、俺を女だと思っている層は、一定数いるようでコメントにも「可愛い」だとか書き込まれている。

「ショコラちゃんはどうしてＶｔｕｂｅｒを始めようと思ったのかニャ？」

「売名のためですね」

「ば、売名⁉」

「あ、間違えました。宣伝です。私は自作の３Ｄモデルを売っているのですが、なかなか素材を買ってくれる人が少なくて……」

「お金ないって呟いていたのはそれが原因だったのかニャ……？」

「あ、あの呟き見てたんですか？　恥ずかしいです」

　当たり前だけれど、何気なく呟いた投稿でも全世界に発信されるものだ。本人が忘れているような発言も、人によってはいつまでもしつこく覚えているということはある。

「でも、ショコラちゃんのデザイン結構可愛いと思うけどニャ。どうして売れないのかニャ」

「やっぱり知名度ですかね。宣伝しようにも広告に使うお金もないし、インフルエンサーの知り合いもいないし、私自身ＳＮＳをやっていなかったので、アピールするフォロワーもいないので八方塞がりだったんです」

「ふむふむ。それは苦労しますニャ。ニャー子も1ヶ月くらい、登録者数が2桁だったから気持ちはわかるニャ」

「やっぱりどこも大変なんですね。私もそういう状況を打破したくてVtuberを始めたんです」

「ニャるほどニャるほど〜」

「まあ、残念ながらダウンロード数は未だに伸びてないんですけど」

「あはは。まあ地道に頑張っていくしかないニャ。ニャーの神社に参拝しているニャンチカン様にショコラちゃんの素材が売れるように祈願しておくニャ」

あ、そういえば巫女って設定だったな。神様の名前がニャンチカンなのか。

その後も俺はニャー子さんと雑談をして楽しい時間を過ごした。こうして、人と繋がるのは面白いな。数字には見えない人脈というものが広がっていく気がしてなんだか楽しくなってきた。

第3話　物理演算で遊ぼう

俺は今日も3つの数字を確認する。チャンネル登録者数、SNSのフォロワー数、そして、本命の素材のDL数。これらの3つの数字はここ最近変動していない。そりゃそうか。俺はまだ自己紹介動画しか上げてないし、活動らしい活動もニャー子さんとのコラボ雑談しかしてないからな。

かといって、なにか動画を上げるとか思い浮かばないし……そうだ。こんな時は師匠に相談してみよう。

Ａｍｂｅｒ：師匠。俺はこれからどうやってＶｔｕｂｅｒ活動していけばいいんでしょうか？

Ｒｉｚｅ：いや、私はキミのＣＧの師匠であって、Ｖｔｕｂｅｒ活動の師匠ではないんだけど

Ａｍｂｅｒ：そう言わずにお願いします。俺が頼れるの師匠しかいないんです

Ｒｉｚｅ：Ａｍｂｅｒ君のしたいようにやればいいんじゃないかな。ＣＧを使ってアニメーションを作ってみたりしてさ。なにか物語を考えて、作ってみたら？

Ａｍｂｅｒ：師匠。残念でしたね。俺の国語の成績は壊滅的です。物語創作のセンスなんて０ですよ

Ｒｉｚｅ：威張って言うな、威張って

しかし、どうにもこうにも思い浮かばない。まあ、手っ取り早くゲーム実況やら、歌ってみた配信とかした方が数字は稼げるんだろうけど。それじゃあ、俺の３Ｄ素材のアピールにならない。画面の隅っこにアバターを映しているだけじゃ、俺のこだわりが伝わらないからな。関節の部分とか動きとか滅茶苦茶頑張って作ったんだぞ。

コンコンと誰かが俺の部屋の扉をノックした。

「琥珀《こはく》？　今ちょっといいか？」

兄さんの声だ。一体なんの用だろう。

「うん、何？」

兄さんが俺の部屋に入ってきた。兄さんの手には１枚のディスクがある。

「部屋を掃除してたら懐かしいものが見つかってな。これなんだと思う？」

そう言うと兄さんは手に持っているディスクを見せびらかしてきた。いや、ラベルに

思いっきり、『物理演算課題　桜鹿《おうか》情報工学大学3年　賀藤大亜《がとうだいあ》』って書いてあるんですけど。

「兄さんの学生時代の課題？」

「そう。俺が大学時代に開発したＶａｎｉｔｙ物理演算の課題だ」

Ｖａｎｉｔｙとは、３Ｄの開発エンジンのことだ。ゲームやシミュレーターを開発できるし、もちろんＣＧも動かせるからショコラもＶａｎｉｔｙ上で動かせるように設計されている。

だがこの男はなぜそんなものを見せつけてくるのか。自分の兄の学生時代の課題に興味があるか？　ってアンケート取ったら全世界の弟は間違いなくＮＯと答えるだろ。

「なんだよなんだよ、その興味なさそうな顔は。お前のモンスタースペックＰＣで俺の物理演算がどうなるのか気にならないのか？」

「それ気になるのは全世界でも兄さんだけだろ」

「あーあー、うちの弟はいつからこんなに冷たくなったのかな。小さい頃は、兄さん兄さんってよく俺の後ろをついてきたのに」

「昔の話をするのは年を取った証拠だぞ」

「う……お前はまだ高校生でいいな」

兄さんももうすぐ四捨五入すれば30歳になるような年だ。高校生の俺からすれば十分おっさんに片足を突っ込んでいる。

「まあとにかく、そのディスクの中には自動車の運転とかペットボトルロケットとかのシミュレーションが入っている」

「運転ねぇ……うーん。ん⁉」

よく考えたらこれ動画のネタになるんじゃないか？　自動車の運転をショコラにやらせれば、複雑なハンドル操作ができるくらい精巧《せいこう》に作られているとアピールできる。

「兄さん。これ俺が貰っていい？」

「ん？　ああ、構わんよ。元々そのつもりだったし、でも返品はするなよ。お前が責任もって処分しろよ」

処分とか言い出したよこの人。

「ああ。ついでだけど、これ動画にして公開してもいい？」

「動画？　お前、動画なんて撮ってるの？」

「うん。素材の宣伝のために始めたんだ」

「別に減るもんじゃないしいいぞ」

「ありがとう兄さん」

兄さんは物理演算のディスクを俺に渡して、部屋からそそくさと出て行った。

俺は早速、ディスクをパソコンに読み込ませて中に入っているプログラムをインストールした。

　よし、物理演算を使った動画の撮影を開始しよう。できるだけリアクションが自然になるように初見でやるか。俺自身、どうシミュレーションするのかわからない方が面白いからな。

◇

「皆様おはようございます。月がとっても綺麗ないい夜ですね。バーチャルサキュバスメイドのショコラです」

　サキュバスらしさを出すために背景は夜にしている。月もくっきりと映《は》えさせるために、雲は作っていない。

「先日、私のご主人様が高級外車を購入しました。なので、ご主人様に内緒で運転をしたいと思います。では、どうぞ」

　カットが変わり、車が映し出される。車は高級感溢れる黒のリムジンだ。流石に自作で車をモデリングする時間はなかったので、無料素材を引っ張ってきた。もちろん兄さんが制作した車のＣＧもあったけれど、クオリティがあんまり高くなくて高級感がないのでＣＧだけ差し替えさせてもらった。兄さんの本職はプログラミング関係だから残念ながらモデリングのセンスはそこまでない。

「これがご主人様の車です。それでは早速運転してみましょう！」

ショコラが車の運転席に乗り込む。シートベルトを着用して、エンジンを起動させてハンドルを握る。夜間なのでライトをつけるのも忘れないように。

「それでは出発します」

ショコラが車を運転させる。魂である俺は高校生なのでもちろん運転なんてしたことがない。そのため、ハッキリ言って運転が荒い。動画にして見返してみて、正直ハラハラする。

屋敷の庭をぐるりと一周させようとする。しかし、カーブをミスってバラの庭園に車が突っ込んでしまった。

よく手入れされたバラのオブジェが見るも無残な姿に破壊されてしまった。それはもう粉々になって、花びらも散り散りに。花びらがヒラヒラ舞うエフェクトのせいで、処理が若干重くなる。

「うぎゃ……あ、どうしようどうしよう。このままじゃご主人様に折檻《せっかん》されちゃう……」

ショコラが青ざめる。急に出てきたご主人様に折檻されるというワード。最早意味不明。自分でもなぜこのワードを出したのかわからない。

「だ、大丈夫。まだエアバッグが出てない。事故としては軽傷です」

ショコラが再び車を発進させる。今度は屋敷の玄関に突っ込んで、玄関の扉を吹き飛ばした。車はそのまま減速することはなく、屋敷を破壊して回る。

現代における便利な移動手段である車。しかし、そのパワーとスピードと耐久性はけた違い。人間には到底到達できない化け物の領域。これはもう自動車ではない。破壊をするために生まれた鉄の兵器。屋敷にある高そうな壺《つぼ》や絵画を破壊して回る車。ショコラが必死に止めようとしても止まらない。

「え。ちょ、ちょっと待って？　なんでブレーキ踏んでるのに止まらないの？　え？なんで？　なんでなんで？　あ、これアクセルだった。えへ」

最後に全速力の車が壁に激突して大破する。そして、ショコラが悲鳴をあげながらドアから投げ出された。車が爆発して炎上して、煙が屋敷全体に広がる。最早収拾がつかない。そう判断したのか、カットが切り替わって頬に絆創膏《ばんそうこう》を貼ったショコラの映像が映し出された。

「えーと、はい。皆様いかがでしたでしょう？　私は運転があまり得意ではないことが判明しました。お屋敷が大変なことになったので後でお掃除しておかないと……。皆様も運転する時は事故を起こさないように安全運転を心がけて下さいね！　安全運転を心がけてくれる人は高評価とチャンネル登録と通知オンにしてくださいね。それでは。さよなら、さよなら」

なんだこの動画……俺としては、運転の華麗なテクを見せて、「ショコラちゃんすげえ！」みたいな動画を作りたかったのに。なんだこれは！

まあ、でも初見の一発撮りって決めていたから仕方ない。テイク2はやらせ感が出てしまうから、撮影しなおすつもりはない。まあ、ショコラは運転が下手なキャラとして売っていくことにしよう。

◇

動画のエンコードを終えてアップロードをした。その結果、嬉しいことにまたもや大量のコメントがついた。

［ショコラちゃん免許持ってんの？］

［ショコラちゃんは運転が下手でもいいんだよ。俺が助手席に乗せてあげるから］

［あの怪我は絆創膏じゃ済まないだろ……］

［ご主人様カワイソウ］

［俺がご主人様なら間違いなくキレてるで］

［レースゲームのプレイ動画上げて欲しいな］
［被害総額はいくらなんですかねえ……］
［Ｖｔｕｂｅｒじゃなかったら即死だった］
［ショコラちゃんが折檻される動画はまだですか?］
［ショコラちゃんの悲鳴捗《はかど》る］

一部変態チックなコメントがあるけれど、まあ気にしないでおこう。チャンネル登録者数もフォロワー数もまた伸び始めた。やっぱり動画を定期的に上げることは重要なんだな。

ちなみに、素材のＤＬ数は相変わらず４のままだった……泣きたい。

第4話　初めてのファンアート

平日の夕方。学校が終わり帰宅する頃。今日も諸々の数字を確認する。チャンネル登録者数1237人。SNSのフォロワー数1034人。無事に2つの数字が1000を超えることができた。だが、素材のダウンロード数は相変わらず4のままだ。厳しい。現実は厳しい。

後はもう少し、動画を投稿して総再生回数を増やせばVtuberとして収益化をすることができる。本音を言えば、Vtuberとして稼ぐのは本意ではない。けれど、俺の本職であるCGを作るのにも教本や資料が必要だ。お年玉貯金が底を突《つ》きかけている今、新しい収入源がどうしても欲しい。

それに今はウェブカメラで妥協《だきょう》しているけれど、もっと性能のいいモーションキャプチャーが欲しい。そうすれば、もっと複雑な動きをショコラにさせることができる。モデリングの構造上では、もっと複雑な動きができる。だが、ウェブカメラで人物と連動させると動きがどうしてもぎこちなくなってしまう。今できることと言えば、表情変化、手を動かすことくらいだ。ダンスとかもできるってことをアピールすれば、ダンスのMAD動画を制作してくれる人が出て来るかもしれない。

そうすれば、必然的にショコラを買ってくれる人が多く現れてくれるかも。

まあ、今色々と考えても捕らぬ狸の皮算用だ。今できることは既存のファンに媚《こ》びつつ、新規ファンも獲得できる動画作りだ。最新動画の車の物理演算を使っての動画は結構反応があった。だが、それは動画サイトに寄せられたものだけだ。ファンの中には動画サイトに直接コメントせずに、SNSで感想を言う人もいる。そういう公式に届かない声も拾っていかないと、Vtuberとして人気が出ないだろう。

ショコラの人気が出なければ、俺の資金源もなくなってしまう。年一のお年玉以外収入源がないとか嫌すぎる。

俺は慣れた手つきでエゴサーチを始めた。最初の頃はアンチコメントにビビってエゴサーチをしなかったけれど、今ではもう気にならない。表現者として生きていくんだったら、アンチコメントは覚悟の上だ。CGデザイナーとしてもVtuberとしても。

SNSのつぶやき検索をすると、ショコラに関するつぶやきが結構出てきた。最新動画に対する反応も大方動画とそんなに変わらないものだった。だが、そんな中で俺はある1件のつぶやきを見つけた。

「ふぇ⁉　う、嘘だろ……」

俺は思わず変な声を出してしまった。全く予想だにしていなかった光景が俺の目の前に広がっていたからだ。

アルミ缶@Vファンアート

車を運転するショコラちゃんを描きました

そのつぶやきと共に画像が貼り付けられていた。見覚えのあるウェーブの髪の毛でメイド服を着たサキュバス。冷や汗をかきながら、困惑した表情でハンドルを握る姿。ま、間違いない。これはショコラのファンアートだ！　やっと見つけた！　記念すべきファンアート第1号だ！

それを認識した時、俺の呼吸が一瞬止まった。こんなに嬉しいことはあるのだろうか。俺もCGが専門とはいえ、イラストも描けないこともない。だから、その分だけイラストを描く労力というものを知っている。この人は、その労力を俺の……俺のショコラのために割いてくれたんだ。

イラストは線画で色塗りはされていない。だが、この人の画力は間違いなく高い。俺もＣＧデザイナー志望だから絵の良し悪しは区別がつく。この味のある線は、絵が上手い人があえて崩して描いた線だ。その線のお陰で緊張感が伝わってくる。

この人のプロフィールを見ると「Ｖｔｕｂｅｒが好きです。推しのＶｔｕｂｅｒの絵を描きます」と書いてあった。元々Ｖｔｕｂｅｒ専門の絵師さんだったんだ。

しかし、この絵につけられていた第三者のコメントを見て、俺は失笑した。

［この後、事故ったんだよね］
［やめろー！　ショコラちゃんに運転させるなー！］
［これは折檻《せっかん》ですね。間違いない］
［折檻されるショコラちゃんの画像も描いて下さい。お願いします。なんでもしますから］

いや、もっと他になんか言うことあるやろがい！　ショコラちゃん可愛いとか、素材買ってあげなきゃとか、そういうのがあるやろがい！　いやまあ……明らかにネタ画像っぽい雰囲気出てるから仕方ないが。コメントもネタに走りたくなる気持ちはわかる。

俺は少し悩んだ。３分くらい悩んだ。せっかく捕捉したこのファンアートに対し、公式として、反応を示すべきかどうかを。

この人はただ単に自分が楽しくて、絵を描いているだけかもしれない。それに公式が下手に触ったら、困惑させてしまうかもしれない。

でも気づけば俺はそのつぶやきに「いいね！」を押していた。そして、「ありがとうございます。とっても可愛く描いてくれて嬉しいです」というコメントも残した。

もしかしたら、公式がこんな反応をするのは迷惑に思われるかもしれない。けれど、俺は嬉しかったのだ。その感謝の気持ちをなんらかの形で表したかったのだ。

さて、いいものが見れたし、俺はそろそろ作業に入るか。ショコラを売るために、新しい動画を作らないと。アイディアは固まっているから、必要なものを集めたり、作ったり……忙しくなるぞ。

◇

寝るまでの時間に、もう少しだけ作業をしようと、パソコンを立ち上げる。

作業に入る前に、ＳＮＳを確認しておくか。俺は一度、作業を始めると集中して他のことに手をつけられなくなるからな。

そう思ってＳＮＳを開くと、俺にＤＭ《ダイレクトメッセージ》が届いていた。送《おく》り主《ぬし》はアルミ缶＠Ｖファンアートさん……？

『あわわ。まさか公式に認知されるとは思いませんでした！　ショコラさん。絵の感想をくれてありがとうございました。これからも応援させて頂きます！』

おお。ショコラのファンアートを描いてくれた人だ。ちゃんと律儀にメッセージを送ってくれるなんて嬉しい。お、このメッセージにはまだ続きがある。下にスクロールしてみるか。

アルミ缶さんのメッセージをスクロールした俺。そこには衝撃的なことが書かれていた。

『P.S.ショコラちゃんの全身図を把握したかったので３Dモデルを購入しました』

え？　は？　ちょ、ちょっと待って！

俺は、慌てて３Dモデルの素材販売サイトに飛んだ。そして、マイページを開き、ダウンロード数を確認しようとする。この一連の動作。いつもやっていることだ。最初の頃はワクワクドキドキした気持ちでやっていた行動。それが、いつの日か惰性《だせい》でやっている作業に変わってしまった。それが、今、最初の頃のように心臓がバクバクし、ワクワクドキドキするものになっている。

ダウンロード数５。

「よっしゃあああああ！」

叫んだ。夜中だとかそんなことは関係ない。腹の底から雄叫《おたけ》びを上げた。

長らく4のまま動かなかった数字。死を暗示する4という不吉な数字から、俺はようやく解き放たれたのだ。

ついに、ついに、俺のVtuberとしての活動が実を結んだのだ。もしVtuberになっていなかったとしたら、この1DLは決して得られなかったものだ。

正直美少女の振りをして動画を撮っている時、ふと冷静になって「こんなことやって意味あんのかよ……」と疑問に思ったのは1回2回じゃない。ゴールが見えないどころか、方向があっているのかすらわからないマラソン。それをずっと走らされていたような気分だった。

この1DLは小さな1DLかもしれない。けれど、俺に進むべき道を示してくれたという意味では大きな1DLだった。俺の進んできた道は間違いじゃない。それがわかっただけでも、今日という日は意味があるものだった。今、この瞬間を得るために費やしてきた日々は意味があるものだった。

こうして、俺はダウンロード数の増加という目標を達成した。ありがとうアルミ缶さん……否、アルミ神様！　あなたのお陰で俺は救われました。Vtuberショコラの物語はこれにて堂々と完結！　ご愛読ありがとうございました！

……って終われたら、どれだけ良かったか。まだCG制作にかかったコストすら回収できていない。このコストの回収が終わっても、また次のＣＧ制作の予算を稼がなきゃいけない。果たして、俺が高校生らしくお金を使った遊びができるようになる日はいつになったら来るのだろうか。

第5話　料理動画と物理演算の罠

　100円玉を握りしめて、俺は自販機の前に立っていた。この自販機は自宅から徒歩20分かかるものの、缶ジュース1本100円という良心的価格だ。家の近くの自販機だと130円も取られる。小遣いをもらえない俺にとって、この30円は正に天国と地獄の差。

　俺は満を持して自販機に100円を投入し、コーラを買った。

　一体何ヶ月ぶりのコーラだろうか。正月に手に入れたお年玉で2リットルコーラを買う贅沢《ぜいたく》をした時以来か。まだまだ赤字経営だが、これは1DLを獲得した自分へのご褒美だ。

　俺はあまりの嬉しさにその場でコーラをガブ飲みし、ショコラのSNSアカウントでコーラを飲んだというだけの報告をした。なぜかこの投稿に43件のいいねがついた。やっぱり1000人以上フォロワーがいるアカウントは凄いや。こんなどうでもいいつぶやきにも、いいねがつくなんて。

さて、コーラを飲んで心が満たされたことだし、家に帰って動画の撮影をするか。

◇

今回は料理動画を撮ろうと思っている。といっても本当に現実で料理をするわけではない。あくまでバーチャルな世界でだ。

やはり、メイドというキャラを押し出すために、料理上手であることをアピールしたい。そういうキャラ設定をつけることでキャラに厚みも生まれるだろう。ちなみに食材や調理器具といった細かい小物も既にモデリング済みだ。今後も料理動画を作っていく予定なので、この素材は再利用できる。

屋敷にあるキッチンから撮影を開始。ウェブカメラを回して、ショコラと俺の動きを連動させる。

「おはようございます、皆様。バーチャルサキュバスメイドのショコラです。今日は料理動画を撮影することにしました。じゃじゃーん、ちゃんとキッチンも用意しています！　私はメイドですから、料理には少し自信があるんですよ？　ふふふ」

俺は目を半目にしてショコラの表情を変化させる。半目のサキュバスはセクシー。これは全男子の共通認識。

エロい感じの表情差分があることもアピールしていこう。

「今日作る料理はカレーです。まずは具材を切っていきますね」

俺は手を動かして、仮想空間にある包丁を取ろうとする。しかし、これが中々難しい。

「あれ？　取れた？　ん？　取れない。ちょっとこの包丁摑みづらいんですけど」

やはり、ウェブカメラ。専用のモーションキャプチャーを使っていないから、細かい指の動きが完全に連動できていない。こうしたハプニングを乗り越えて、ショコラはなんとか包丁を摑むことに成功した。

「それでは、まずは人参から切っていきますね。ザックザック」

ショコラは人参を包丁で切った。この人参にはあらかじめ切れ目を入れており、そこに別のデータが入ると切れたように見える、というトリックだ。これはＣＧというかポリゴンの仕様上仕方ない。「どこからでも切れます」みたいなのはポリゴン数が増えすぎてデータが重くなってしまう。

「玉ねぎも切ります。ザックザック」

ここで、あざと可愛いポイントを発動！　玉ねぎを切った数秒後にショコラの表情が変化するようにプログラムを仕込んでおいた。これにより、ショコラが涙目になって玉ねぎを切って泣いちゃうお茶目な面を見せることができる。

「あ、ちょっと目がしみちゃって。ああ、もう。涙が出ちゃいます」

使い古されたベタなネタではあるが気にしない。そんなことよりこのショコラの泣き顔を見てくれよ。最高だろ？

こういう細かい演出でも手を抜くつもりはない。これで、コメント欄は「涙目ショコラちゃん可愛い」で埋まるはずだ。

他の具材も切っていき、準備は整った。次は調理の段階だ。火で温めた鍋に油を投入し、具材を炒《いた》めていこう。大丈夫。ちゃんと具材を入れる順番は予習済みだ。台本通りにやれば、全て上手くいく。

「それでは、油を入れますね。高い位置からドバーッていきますよ」

ショコラが手を伸ばし、油に触れた。そして、油の蓋を取った瞬間――信じられない悲劇が起こった。

油の容器が中身を噴出《ふんしゅつ》して、空高く飛んだのだ。天井にぶつかり、物理法則に従ってバウンドし油の中身をそこら中にまき散らす。もちろんショコラの体にもべっとりと油がかかる。

「ちょ、な、なにこれ。ああ、もうベタベタするぅ。気持ち悪いよぉ」

完全に予想外だ。一体なにが起きたというんだ。しかし、よく俺は咄嗟《とっさ》にベタベタするというセリフを吐けたな。現実世界ではこのような悲劇が起きてないから、俺自身はなにも感じてないけれど、ショコラの世界では彼女は油まみれになっている。役になり

切れているということだろうか。俺、役者の才能があるのかも。

だが、悲劇の連鎖はそれだけではなかった。俺もすっかり忘れていたけれど、今は料理の最中。あらかじめ火で鍋を温めていた。つまり、火が点けっぱなしの状態。そんな状態で油が四方八方に爆散している状況。そこから導き出される答えは１つしかない！

ショコラの眼前に火柱が立った。人間の身長を遥かに超えるほど高い炎。その炎が周りのオブジェクトに次々と引火していく。

ネットから適当に引っ張ってきたプログラムのくせになんでこんなにリアルなんだ⁉

「え、ちょっと待ってこれ。本当にやばいって」

屋敷が炎に包まれたところで、俺は一旦撮影を中止した。

「どうするんだよこれ……」

俺は頭を悩ませた。これがＶｔｕｂｅｒあるあるの料理動画を作ろうと思ったら、火事動画になりましたってやつか？　そんなあるあるがあるのか知らないけれど。

そもそも、どうして油が噴出したんだ。その原因を探るべく、俺は油のプログラムを調べてみた。すると油のオブジェクトに、ペットボトルロケットの物理演算が設定されていたことに気づく。

「こ、これは兄さんの作ったペットボトルロケットの物理演算……間違って、アタッチしちゃってたんだ」

次の動画は、『バーチャル空間でペットボトルロケットやってみた』という動画にする予定だった。だから、次のネタ用にこのペットボトルロケットの物理演算を用意しておいたのだ。まさか、それが裏目に出るとは思わなかった。

「……ペットボトルロケットの企画はなしだな。今回の料理動画のインパクトに勝てない」

現場検証が済んだところで、俺は動画の締めを撮影した。燃えて崩れ去った屋敷をバックにショコラが悲しそうな表情をしたところから、撮影開始。

「はい。今日はカレーを作ろうとしたんですけど、間違ってお屋敷を焼いてしまいました。でも、大丈夫です。皆様のご支援があればお屋敷は復活します！　ですので、チャンネル登録と高評価と素材のご購入をお願いします。皆様も火の扱いには十分注意してくださいね。それでは、さよならーさよならー」

この撮影された動画をいつものように編集し、エンコードして、アップロードする。そして、動画投稿後しばらくして反応を確認する。今回のコメントはどのようなものがつくかな。

[野菜洗った？]
[包丁洗った？]

［ショコラちゃんシャワー浴びてきた？］
［俺もこの前料理してたら油噴出したゾ］
［ショコラちゃんって結構ポンコツメイドだよね］
［油テカテカショコラちゃん捗《はかど》る］
［屋敷を全焼させちゃう悪い子は折檻《せっかん》だぞ～］
［また屋敷が壊されたのか……］
［ショコラちゃんを買うと家が燃やされるって本当ですか？］
［マジかよ。ショコラちゃん買うのやめるわ］
［最初から買う気がない定期］
［いやそこは買ってやれよ……俺も買わないけど］

なんかコメントで変な風評被害が出てる！　ってか、涙目ショコラの表情を頑張って作ったのに、そこに対する反応はないのか！

ただ、このショコラを買うと家が燃えるという風評被害を正さなければならない。後半のコメントをスクショして、ＳＮＳに画像つきで投稿。

ショコラ@バーチャルサキュバスメイド
ショコラちゃん3Dモデルを買っても家は燃えません
安心してお買い求めください

結果、鎮火《ちんか》どころかさらに燃え広がったのは言うまでもない。

第6話　炎上系Ｖｔｕｂｅｒ

最近はＳＮＳを使って、積極的に他のＶｔｕｂｅｒと交流をしている。一時期はニャー子さんしか相互がいなかったけれど、今では10人のＶｔｕｂｅｒと繋がれた。その中には俺よりも後に活動を始めた、所謂《いわゆる》後輩のＶｔｕｂｅｒもいる。俺も新人Ｖｔｕｂｅｒかと思っていたけれど、いつの間にか後輩ができていたんだな。

最近ではファンや彼らとの交流も楽しみにしている。さて、今日はどんな反応が返ってきているかな。楽しみにしながらパソコンの電源をつける。そして、まずＳＮＳを開く。そこで俺は驚愕《きょうがく》の数字を目にすることになった。

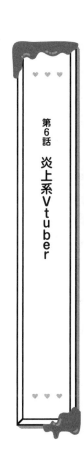

フォロワー数：６７４３人

「え……」

な、なんだこの数字の伸びは。動画投稿直後には話題になって、数字が急激に伸びることはあったけれど、それでも数百単位だ。けれど、この伸び率はいくらなんでも異常だ。俺がこつこつと稼いできた2000人強のフォロワーが1日目を離した隙《すき》に3倍ほどに伸びているのだ。

「な、なにが起きたんだ？」

俺は全く理解できなかった。そうだ。SNSでこれだけ伸びているってことは、肝心の動画投稿サイトのチャンネル登録者数はどうなっているんだ？　俺は、呼吸を整えて心を落ち着かせて、数字を確認した。しかし、数秒後俺の心臓は口から飛び出そうになるくらいに跳ね上がる。

チャンネル登録者数：8800人

いや、だからなにが起きたんだよ！　え？　もうすぐ1万人が見えてるんですけど……チャンネル登録者数だけじゃない。動画の再生回数もコメント数もうなぎ登りだ。

一体なにが起きてるんだ。

俺はこの異常な伸びの正体を探るべく、コメント欄を開くことにした。結構な数のコメントがついていたけれど、その中にこんなに伸びた原因となりそうなものを発見した。

［Ｖｔｕｂｅｒ炎上まとめサイトから来ました］
［ここ、切り抜きで見たシーンだ］

Ｖｔｕｂｅｒ炎上まとめサイト？　Ｖｔｕｂｅｒの中には過激な発言をする者や、同業者に対して失礼な対応をする者もいる。そういった人物は往々にして炎上してしまう。それをまとめているサイトがあるのか？　え？　俺、なにか炎上するような発言したか？　全く記憶にない。

俺は同業者やファンには基本的に敬語で話して失礼のないようにしている。これはメイドというキャラの設定上やっていることだ。それに不用意な発言にも気をつけている。Ｖｔｕｂｅｒを始めるにあたって、日常的に使ってしまいがちな差別的な意味を含む言葉についても調べたし、そういう発言も控《ひか》えていたつもりだ。

わからない。なんで俺は炎上したんだ……。

真相を探るべく、俺はＶｔｕｂｅｒ炎上まとめサイトに飛んだ。そこには、Ｖｔｕｂｅｒの不祥事がまとめられていて、同業者故に目を覆いたくなる光景だ。こんな小さな失敗で炎上するのかということですら炎上している。

とにかく、炎上した時の対処法は初期対応を間違えないことだ。公式が更に煽《あお》って余計に炎上するなんて事例は星の数ほどある。対応を間違えないためにも出火原因を確認するのは大切だ。

「あった……」

［ショコラとか言う炎上系Ｖｔｕｂｅｒｗｗｗｗ］

なんだこのタイトル。たまたま炎上しただけで、炎上系なんて称号を与えられるのか？　そういうのはわざと炎上するやつに与えられるべきだろう。

そのタイトルをクリックすると、ある動画がはめ込まれていた。これは切り抜き動画だ。一言で言えば、Ｖｔｕｂｅｒの動画の珍行動や可愛いところ格好いいところなどの見所をカット編集してまとめたもの。大抵は推しのＶｔｕｂｅｒを世間に広めたい有志のファンが行うことだが、企業勢では切り抜きを外部に委託《いたく》するケースもある。そして、プラスの側面だけじゃなくて、Ｖｔｕｂｅｒの不祥事がまとめられるケースもある。炎上という単語が出たのなら、恐らく後者だろう。

俺は意を決して、動画を再生した。俺の動画になにかまずいシーンがあったのなら、適切な対応をしなければならない。削除したり、問題の箇所を編集して上げ直したり……。

この動画はショコラが自動車を運転する動画だ。場面的には車が屋敷に突入した後だ。

「え。ちょ、ちょっと待って？　なんでブレーキ踏んでるのに止まらないの？　え？　なんで？　なんでなんで？　あ、これアクセルだった。えへ」

バァンという大破した音と共に、車が爆発して屋敷がボォーと燃える。そのシーンを見て、俺は全てを理解した。

「炎上って物理的な方かい！」

そして、次はシーンが切り替わり、ショコラが料理をしているシーンが映される。わかってる。自分が作った動画だから、この後の展開はわかってる。ショコラが油を手にした瞬間、油がペットボトルロケットのように噴出《ふんしゅつ》する。はいはい炎上炎上。

このまとめサイトの記事には、当然ショコラを批判するコメントは少なく、好意的なコメントが多数寄せられていた。

[炎上ってそっちかい]
[久々に腹抱えて笑った]
[この後、折檻《せっかん》されたんだよね]
[推しがなにかやらかしたと思ったけど、いつものショコラちゃんで安心した]

ふう……安心した。これが不祥事をやらかした炎上だったら、どうしようかと思った。

Ｖｔｕｂｅｒとして終わるだけじゃなくて、ショコラというキャラそのものに悪いイメージがついてしまう。そしたら、間違いなく素材は売れなくなるだろう。

あ、そうだ。すっかり忘れていたけれど、素材のダウンロード数はどうなっているんだろう。

チャンネル登録者数、フォロワー数が共に数倍に伸びているから、ダウンロード数もそれに比例して伸びているかも。どうしよう。２桁になっていたら。

俺は期待を込めて素材サイトを開いた。

ダウンロード数：５

ああ、うん。実はそんな予感がしていた。ショコラの炎上目的でチャンネル登録した人たちは、自己紹介動画見てないかもしれないし。事実、炎上した２本の動画の再生回数は伸びているけれど、自己紹介動画はそこまで伸びていない。ということは、ただ単にショコラの３Ｄモデルが金を払えば手に入ることを知らない人たちがいっぱいいるってことだな。よし、次の動画ではその辺もアピールしておこう。

さて、ブラウザを閉じて、本日の作業に移るかな。次の動画のネタを考えつつ、新作のＣＧも作りたい。俺は将来ＣＧデザイナーになるんだから、企業向けに提出できるポートフォリオは少しでも多い方がいい。

ブラウザを閉じる前にふと、チャンネル登録者数を見た。

チャンネル登録者数：９１３０人

「へあ⁉」

思わず変な声が出てしまった。さっきまで、８０００人台だったチャンネル登録者数がちょっと目を離した隙に９０００を超していた。これ、このペースのままだと今日中に１万人いくんじゃないのか？

俺の予感は当たっていた。俺が裏作業をしている間に、チャンネル登録者数が１万人を超していた。それでも勢いは衰《おとろ》えることはなかった。フォロワー数も明日には１万人を超しそうな勢いだ。

「凄い……ここまで伸びるなんて」

そこで俺はあることに気づいてしまった。一定以上のチャンネル登録者数、総再生時間。それらをクリアしたことで、ついに俺は収益化ができるようになったのだ。

収益化かー。ついにそこまで人気が出たんだな。やっぱりショコラを作って良かった。クリエイターとしてここまで人気が出てくれるのは嬉しい。後は、本命の３Ｄモデルが売れるように頑張るだけ。

収益化といっても大した額じゃないだろうし、ダウンロード数を伸ばすことが利益に繋がるはずだ。まさか、Vtuberでの収入が素材の売り上げを上回るなんてことないだろうしな。

一応、SNSで報告しておくか。応援してくれたファンの人にもショコラの懐《ふところ》事情が少しは温かくなることを教えてあげないと。

ショコラ@バーチャルサキュバスメイド

皆様にお知らせがあります。皆様のご支援のお陰で、ついに収益化しました。本当にありがとうございます。これからもショコラをよろしくお願いしますね

[ショコラちゃんおめでとー!]
[動画3本で収益化はすごいね]
[チャンネル登録1万人も達成しているね。おめでとう]
[ショコラちゃんなら10万人突破できそう]

　チャンネル登録者数10万人か……流石にそこまでいく頃には、俺もＣＧで稼げるようになっているだろう。10万人いく前には無事に引退できると思う。多分。動画投稿も結構時間かかるし、本命のＣＧ制作の時間が奪われたら意味ないからな。

第7話　初めての生配信

ショコラ@バーチャルサキュバスメイド
皆様のお陰でチャンネル登録者数1万人達成しました
それを記念して、本日の21時より生配信をします
ぜひ遊びにきてくださいね

この投稿は瞬《また》く間《ま》に拡散された。

今重要なのは、これまで応援してくれたファンに謝辞を述べること。そして、ショコラの3Dモデルが販売されていることを伝えることだ。とりあえず、台本を用意しよう。

最初からの古参ファン（?）は俺の3Dモデルが販売されていることは知っている。

だが、切り抜きしか見ていない層はそのことを知らないだろう。切り抜きでは、宣伝シーンが丸々カットされているからな。

　この生配信で何人集まるかはわからない。けれど、多くの人にアピールすることによって、購入者はきっと増えるはずだ。

　そして、生配信の時間がやってきた。枠は既に取ってあるので、30分くらい前から人がいた。待機状態になっている彼らはチャットでお互い会話している。生配信は、Vtuberとファンの交流の場だけではない。ファン同士が交流する場でもあるのだ。

　ウェブカメラを起動し、ショコラと俺の表情を連動させる。そして、マイクも起動して、生配信を開始する。

「あ、あーあー。聞こえますか？」

　俺の言葉に反応して、「聞こえる」とリアクションしてくれた。マイクの接続は問題ないようだ。

「はい。皆様おはようございます。バーチャルサキュバスメイドのショコラです。本日は私の生配信に集まって頂きありがとうございます」

　当たり障《さわ》りのない挨拶から始める。俺は別に芸人枠を目指しているわけではないから、ここは清楚《せいそ》に丁寧にやっていこう。

「皆様のお陰で、チャンネル登録者数1万人突破しました！　本当にありがとうございます。ここまで来れたのも応援して下さる皆様のお陰です」

ショコラの顔が俺と連動してニッコリと笑う。コメントもショコラを祝福してくれる声で溢れている。

［おめでとう　￥1，000］

金額が書かれた一際目立つコメントが流れた。これは生配信に来ている視聴者からの投げ銭だ。収益化したので、投げ銭機能をオンにしていると生配信でメッセージと共にお金が送られてくることがある。俺も他人の生配信で見たことがあるけれど、まさか自分が貰える立場になるとは思わなかった。

「わ、あ、ありがとうございます」

［おめでとう。1万人記念だけに　￥10，000］

「ふぇ⁉　1万円⁉」

俺は思わず変な声を上げてしまった。1万円というあまりにも高額な投げ銭。別になにを売っているわけでもない。面白いことも言ったわけでもない。ただ、生配信を開始して、挨拶をして、謝辞を述べて。たったそれだけで、1万円というお金が動いた。時間給に直すととんでもない金額だ。
「え？　あ、あの？　い、いいんですか？　私にこんなにお金使って」
[ええんやで　￥2,000]
またもや1万円投げてくれた人から、お金が届いた。な、なんだこの人は。お金持ちなのか？　こんな大金をよくポンポンと出せるな。
[ショコラちゃんの燃料代　￥1,000]
「ちょ、燃料代ってなんですか！　ありがたいですけど、燃やすためにお金は使いませんからね！」
[ショコラちゃんって今日稼いだお金を燃やすの？]
[暗くてお靴がわからないわ]
「私はお金は燃やしません。そんな成金じゃないんですから。私は貧乏メイドですよ」

まずい。俺は普通のサキュバスメイドキャラとして売っていきたいのに、このままではなんでもかんでも燃やす炎上系Ｖｔｕｂｅｒになってしまう。

［同接数1000人いった］

「え？　うそ、本当だ。ありがとうございます」
同時接続数。生配信に接続している人数。つまり、今１０００人以上の人間がショコラを見ていることになる。そう思うと緊張してきた。俺はこの１０００人に向けて、ショコラをプレゼンしなきゃいけないんだ。
「皆様。バーチャルサキュバスメイドにお世話されたいと思ったことはありませんか？　なんと、バーチャルサキュバスメイドのショコラちゃんが買えるサイトがあるんですよ。お値段はなんと税抜き4万円。安い！　高校生バイトの月収より安い！　そんな労働基準法ガン無視した金額で、メイドのショコラちゃんが買えるのです」

［宣伝してて草］
［えっちなことに使ってもいいですか？］

「一応利用規約に書いてますけど、アダルト表現がある作品でのご利用はお控えいただいているんですよね。申し訳ありません」

[じゃあ、買わない]

[サキュバスなのにえちえちなことはNGなのか……]

「そ、そんなぁ……買って下さいよ！　お願いします」

サキュバス全員がえちえちなことOKだと思ってるんじゃないよ全く。いや、俺が成人済みだったら、それを許可するのもいいんだけど、俺高校生だから。問題が発生した時に責任取れないから。

[ところで、ショコラちゃんのファンの名称って決まってるの?]

「ファンの名称……あー特に決めてなかったですね」

Vtuberの中にはファンの名称を固有のものにしている物が多い。吸血鬼系Vtuberならファンを眷属《けんぞく》と称しているものもいるし、酪農《らくのう》系Vtuberの中にはファンを家畜呼ばわりしてるのもいる。

動画投稿を始めた当初は、まさかここまでショコラという存在にファンができるとは思わなかった。だから、ファンの名称とか特に決めてなかったのだ。ただ、可愛い３Ｄモデルがあるよって宣伝するためのものだったのに。

「じゃあ、今決めちゃいましょうか。何かいい候補ありますか？」

俺はファンから意見を募集することにした。小学生の頃から国語の成績が壊滅的で文才ゼロの俺が考えるよりかは、いい意見が出ると思ったからだ。

［燃料］

［ショコラー］

［ミルクサーバー］

［餌《えさ》］

ふざけてるのかこいつら……。

「燃料ってなんですか！　私、ファンの皆様を燃やすなんてできませんよ。それにミルクサーバーってなんですか。なんの意図があってこんな名前にしたんですか」

［ショコラちゃんになら燃やされてもいい］

[大丈夫。人間いつか燃やされて骨になるんだ]
[そりゃ。サキュバスだし、搾《しぼ》るミルクと言ったらアレしかないでしょ]
[ショコラちゃんにミルク搾られたい　￥5,000]

やめろ！　変態発言で投げ銭するな！　コメントが無駄に目立つだろうが。俺、一応高校生だから健全なチャンネルを目指しているのに……なんでサキュバスって設定だけで変態が湧《わ》いてくるんだ。

「後なんでしたっけ？　ああ、餌……」

最早何も言うまい。

「まともなのがショコラーしかありませんね。でも、ショコラとショコラーだと伸ばすか伸ばさないかの違いしかないですし、ややこしいかな」

このまま、なにも案がなければ、ショコラーに決定かな。他の3つは論外すぎる。

[ショコラちゃんラブ勢　略してショコラブでいいんじゃないかな？]

ああ。ショコラブ……ややこしくなくて、初見でも意味が通じて中々いいと思う。

「ショコラブ……ちょっと挨拶の練習してみましょうか。ショコラブの皆様。おはようございます。バーチャルサキュバスメイドのショコラです」

［いい感じじゃないかな？］

［俺は餌呼ばわりされたいけどな　¥7,000］

だから、変態発言を目立たせるんじゃない！　でも、結構好意的な意見もあったし、ショコラブでいいかな。

「うん。それじゃあ、ショコラブでいいですね。それでは、皆様は今日からショコラブの一員ということで、これからもよろしくお願いしますね」

こうして、ショコラのファンの名称が決まった。まさか、ファンの名称がつくまで、規模が大きくなるとは思わなかったな。

その後も適当な雑談をして生配信は無事に終了した。最後まで温かくていい雰囲気だったな。ショコラブのみんな。本当にいい人たちばかりだ。一部変態がいるけれど。

「ふー」と一呼吸吐《つ》いた後に、ウェブカメラとマイクの電源を落とした。初めての生配信は緊張したけれど、結構いい体験だったな。ファンの意見も聞けて貴重な時間だった。

俺は、生配信後の後処理として、投げ銭の合計額を確認してみた。すると、そこには驚愕の数字が出ていた。たった1時間程度の生配信で、¥72,500。

「3Dモデル1体売った値段より稼げてんじゃねえか！」

え？　嘘だろ？　確か、動画投稿サイト側のマージンが3割だったから、4万以上稼げてる……よな？

「ええ……」

お金を稼げて嬉しい。けれど、本業のCGデザイナーとして稼げていないのはなんとも複雑な気持ちになるのだった。

第8話　後輩Vtuberはギャル吸血鬼

　おどろおどろしいBGMがスピーカーより流れる。後ろに色んな拷問器具《ごうもんきぐ》が置かれている薄暗い部屋に少女がいた。深紅《しんく》の吊り目《つめ》で、金髪のサイドテール、派手な赤いドレスを着ている少女。彼女が、画面に向かって牙《きば》を見せて笑いかける。

「ようこそ、我が城に招かれし下等なニンゲン共よ。我の名前はカミーリア・アンデルセン。吸血鬼だ」

　カミーリアと名乗った少女が画面に妖艶《ようえん》に微笑みかける。そして、口元を手で覆ったかと思いきや、いきなり満面の笑みを浮かべて手を叩き始めた。そして、南国にいるかのような気分になれる軽快なBGMが流れる。

「なーんちゃって。どう？　雰囲気でてた？　あーしの本職はギャル。副業で吸血鬼やってます！　あれ？　逆だったかな？　まあどっちでもいいや。あ、そうそう。あーしのことは、カミィって気軽に呼んでくれていいっすよ。まあ、どうしても様づけで呼びたい下僕根性があるドMくんはカミーリア様って呼んでいいけどね」

個人勢Ｖｔｕｂｅｒのカミーリア・アンデルセン。一応、活動開始時期的にはショコラの後輩になる。ショコラ名義のアカウントで俺が交流しているＶｔｕｂｅｒの1人だ。ＳＮＳで交流があるのに自己紹介動画を見ていなかったなと思い出して、今見ているところだ。

「えっとね。自己紹介すんね。みんな。あーしの年齢はいくつに見える？　あは。いきなり超難問かな？　そうだね。こういうこと訊く女って面倒くさくね？　って思うよね？　でも、あーしは面倒な分、ちゃんと愛情を持って接してくれる人には尽くすタイプだから。まあ、尽くしすぎて安っぽいとか言われてフラれるんだけどね。あは」

よく喋る女の子だな。ここまで息継ぎ1つしてないぞ。

「吸血鬼だから結構年いってるように見える？　４００歳とか？　それくらいだと思う？　残念。16歳でした。人間で言ったらＪＫの年頃。犬で言ったらババアの年齢。そんな微妙な年齢のギャル吸血鬼っすわ。きゃは」

吸血鬼といったら普通、人間の寿命を超えている年齢をイメージするけれど、この子は見た目のまんま16歳なんだ。斬新すぎる。

「身長はナイショ。乙女に聞くようなことじゃないっしょ。あ、でも体重は50kgだから」

なぜ、身長は隠して体重は公表する。しかもやたら、リアルな体重だな。そこはサバを読んで40kg台にしても良かったのに。

「好きな食べ物は、ニンニク！　趣味は、川で泳ぐこと！　飼《か》っている下僕はオタク君！　オタク君は絵が上手いから、あーしのイラストを描いてくれるんだよ。たまにSNSにオタク君が描いた絵をアップするから、そっちも見て」

吸血鬼といえば、高貴で厳《おごそ》かで格が高いイメージがあったけれど、カミィはそういうイメージをぶっ壊している。あえて、フィクション世界の吸血鬼の不文律を崩しているスタイルかもしれない。

「あーしは今、眷属《けんぞく》を募集してるの。あーしの眷属になれたら楽しいよ。毎晩、あーしの城でパーティするの。ダンパ、タコパ、○パ。あ、最後はコンプラ的にまずいか。てへ。眷属になりたかったら、あーしのチャンネル登録やSNSのフォローをよろしくね。アカウントは概要欄《がいようらん》に貼ってあるから。要チェック！」

そして、エンディングが流れて動画が終了した。まあ、あれだ。SNSのキャラ通りだったたな。

チャンネル登録者数は804人。SNSのフォロワー数は910人。こうして数字だけ見るとショコラの伸びっぷりが異常だと改めて思う。カミィが始めた時期とそこまで差があるわけでもないのに。

とは言っても、ショコラが伸びたのも、切り抜き動画が炎上まとめサイトに掲載されたお陰だ。もし、あの切り抜きがなければ、ショコラは埋もれていたかもしれない。そう考えると切り抜いた人に感謝しかない。

動画を見終わった後、俺はＳＮＳのチェックをした。すると、１件のＤＭ《ダイレクトメッセージ》が届いていた。送信元はカミーリア・アンデルセン。なんともタイムリーなタイミングでメッセージをよこしてきたものだ。

『やっほー！　ショコラ先輩。お元気ですかー？　先輩凄いっすね。チャンネル登録者数１万人突破おめでとうございます。本当は、あーしも記念生配信にお邪魔したかったけど、パーティで行けなくてごめんね。記念ファンアートをアップしたから、見てくれると嬉しいな。じゃね』

ファンアート来た！　しかも同業者からのファンアートだ。これは嬉しい。どんなファンアートか早速確認しに行こう。

俺は、カミィのアカウントを開いた。すると、そこには画像つきの投稿がされていた。

『ショコラ先輩。チャンネル登録者数１万人突破おめでとうございます。オタク君に記念絵を描かせました』

その文言と共に、美麗なイラストが投稿されていた。ショコラとカミィが指を絡ませている絵だ。指先がフェティシズムを感じられるほどに丁寧に描かれている。ショコラとカミィ共々、煽情的《せんじょうてき》な表情をしている。ショコラは口を閉じているが、カミィは口

を開けて牙を見せているのが印象的だ。

このイラストにコメントが多数寄せられていた。美麗なイラストだけあって、フォロワーからの反応も良好だ。

［ショコカミ尊い］
［カミィちゃんがショコラちゃんを噛もうとしてるの？］
［この後、乱○したんだよね］
［サキュバスと吸血鬼がいる乱○会場どこ……？］
［乱○会場ならショコラちゃんが燃やしてるよ］
［魔族コンビ流行れ］

やめろやめろ！　卑猥《ひわい》なコメントを垂れ流すんじゃない！

とはいえこんな素敵なイラストを頂いたのだから、きちんとお礼をしよう。まずはダイレクトメッセージの返信から。

『カミィ様。お祝いありがとうございます。とても素敵なイラストですね。オタク君様にも私が感謝しているとお伝えください』

そして、このイラストもショコラのアカウントを使って拡散してあげよう。

そんなこんな色々な作業をしていたら、いつの間にか夕食の時間になっていた。作業の続きは、夕食と風呂の後にしようか。

◇

夕食と風呂を済ませた俺は、作業を開始しようとする。まずは、恒例の3Dモデルのダウンロード数チェックだ！　とは言っても、最近は他の作業が忙しくて、前みたいに毎日チェックはできていない。Vtuberの活動が思ったよりも忙しくて大変だ。

ダウンロード数：6

お、おお！　チャンネル登録1万超えただけあって、1体増えている。誰かが買ってくれたんだ！　ありがてえ！　名前も知らない誰かさん。本当にありがとう！

でも、チャンネル登録者数1万を超える動画投稿者の拡散力をもってしても、これだけしか増えないのは厳しいな。100体くらい売れてくれないかな。

そんな淡《あわ》い期待を抱きながら、次にSNSを開く。すると、丁度タイムラインに上がってきたカミーリア・アンデルセンの投稿が目に入った。

『カミィのフォロワー数５０００人突破しました！　うぇーい！　これも眷属のみんなのお陰です。ありがとー！　今日は朝までパーティじゃーい！』

え？　ちょっと待って。カミィのフォロワー数って数時間前までは、１０００人いってなかったよね？　それがいきなり５０００？

なにが起きたのか理解できなかった俺は、カミィの投稿を遡《さかのぼ》った。しかし、直前にあるのは、フォロワー数が急増して、あたふたしているカミィのリアクションくらいなものだった。

もっと遡ってみると、ある投稿が拡散されまくっていた。それは、ショコラのチャンネル登録者数１万人突破記念イラストだった。この投稿がバズりにバズって、カミーリア・アンデルセンのアカウントのフォロワー数を一気に押し上げたのだった。

「ええ……」

カミィのチャンネル登録者数もフォロワー数程ではないが、増えている。今、現在９８００人で、１０００人目前だ。まあ、バズった要因がＳＮＳにあるので、こちらは遅れて伸びていくと思う。

カミィは頻繁にオタク君が描いたと評して、イラストをＳＮＳに上げていた。そのイラストにコアなファンがいたから、チャンネル登録者数よりフォロワー数の方が多いという事態になっていた。元々画力が高い絵師を抱えていたから、ＳＮＳの方が伸びるのは時間の問題だったと思う。

けれど、伸びるきっかけがショコラが描かれていたファンアートとは……このショコラとかいうキャラ、どこまで伸びていくんだ？

第9話　初めてのゲーム実況

俺がVtuberショコラを立ち上げてから、約1ヶ月程が経過した。今日は月初。先月分の収益額が確定する日である。ドキドキした気持ちを抑えながら、俺は収益額を計算した。

投げ銭：￥43,500
広告収入：￥2,108
3Dモデル売上：￥60,000
合計：￥105,608

1ヶ月で10万⁉　高校生にしては稼げているな。ハッハッハ。見たか、月5万程度の収入しかない高校生バイト勢め。これが個人事業主《こじんじぎようぬし》の実力だ！　確か個人事業主が親族の扶養《ふよう》に入るのには、年間所得合計額が48万円以下でないといけない。俺はもう今年だけで22万ほど稼いでいる。この分だと、俺は高校生の分際で扶養から外れるな。まだ10代半ばなのに、この国を構成する歯車の1つになるのか。

それにしても、3Dモデルの売上がVtuberでの収益をギリギリ超えていて良かった。2体売れてなかったら、本業Vtuberになってしまうところだった。俺の本業はあくまでもCGデザイナーだ。そこら辺は逆転しないようにしたい。

しかし、ショコラの動画もまだ4本しかない。自己紹介動画と炎上動画が2本と1万人突破記念生配信のアーカイブ。それらの再生回数も一時期は伸びていたけど、日に日に目減りしている。やはり、継続は力なり。新しい動画を次々上げていかないとこのVtuber戦国時代を生き残れないのだ。

というわけで、俺はブレーンである師匠に相談することにした。

Amber：師匠。お手軽に再生回数が稼げるいい動画ありませんかね？

Rize：なぜ私を頼る

Amber：Vtuberになれって言ったの師匠じゃないですか。責任もって下さいよ

Rize：ショコラのモデルをアピールしたいならダンス動画はどうだ？

Amber：モーションキャプチャーを買うお金がないんですよね。ウェブカメラだ

と、ダンスみたいな複雑な動きは再現できないんです

月初に確定した収益額が入ってくるのは月末になる。つまり、先月稼いだお金が今月末に振り込まれるので、実質稼いだ瞬間より1ヶ月後に手元に入ってくることになる。
つまり、今の俺は素寒貧《すかんぴん》だ。

Rize：モデルをあまり動かさない動画か。それならゲーム実況はどうだ？
Amber：ゲーム実況ですか？　俺、ゲームにあんまり詳しくないんですよね
Rize：わかった。ちょっと待っててくれ

数分後、師匠からテキストファイルが送られてきた。そこにはゲームのタイトルらしきものがズラーッと書かれていた。中にはタイトルの冒頭に☆がついているものがある。
これは一体……？

Rize：動画配信および収益化が許可されているゲームタイトル100選だ。上から恒常的な人気順に並べてある。冒頭に☆マークがついているのは、現在のトレンドだ。今配信すれば爆発的な人気は取れるけど、旬を逃したらどうなるかわからない。私が信

頼している人物が分析した結果だ。この並びは信じていいぞ
Ａｍｂｅｒ：凄い。よくこんなデータを持ってましたね
Ｒｉｚｅ：身内に第一線で活躍しているゲーム実況者がいるからな。そいつに送ってもらった
Ａｍｂｅｒ：流石師匠です。ありがとうございます。活用させて頂きます
Ｒｉｚｅ：この情報は他に流すなよ。私が身内に殺されてしまう
Ａｍｂｅｒ：了解

さて、このリストを見てやるゲームを決めるか。とはいえ、俺も全てのゲームをプレイできるわけではない。俺は、最新のゲーム機を持っていない。ゲーム機を買うお金もない。つまり、俺はこのモンスタースペックのパソコン1つでゲーム配信をしないといけないことになる。

ソフトの購入代もできるだけ抑えたいな。無料ゲームがないかなと探してみた。その結果、あるにはあったけれど、課金前提の基本無料なゲームが上位に位置している。ガチャ動画を上げる財力なんてないのだ。解せぬ。

そんな中、俺は人気順下位の方で☆が付いているタイトルが目に入った。これは、個人制作のフリーゲームか？　人気順下位だけどトレンド？　つまり、人気に火がつき始

めているゲームなのか。

「よし、これに決めた！」

というわけで、俺はこの「女子更衣室脱出ゲーム」というゲームをやることにした。

早速、制作者のホームページにいき、ゲームをダウンロードした。そして、動画キャプチャを起動し、ウェブカメラとマイクもオンにする。さあ、実況の始まりだ。

◇

「ショコラブの皆様。おはようございます。バーチャルサキュバスメイドのショコラです。本日はこちらのゲームを実況していきたいと思います。女子更衣室脱出ゲームです。脱出ゲームですね」

タイトル画面には体操服姿の女子が映っている。茶髪のポニーテールの少女はこちらに尻を向けたポーズをしている。絵はそこそこ上手い。可愛いか可愛くないかで言えば、可愛い部類の絵だ。しかし、塗りに陰影《いんえい》がついていないので、立体感がない。いかにも素人が描きましたという感じの絵だ。

「それでは、早速始めますね。ゲームスタート」

ゲーム画面に『あなたの名前を入力してください』と出た。そして、名前入力画面に切り替わる。

「私の名前はショコラですから、そのまま入力しますね」

実況者によっては、ここはふざけた名前にする人もいる。だけど、俺にはそんなギャグセンスはないので素直にショコラの名前をつけた。

名前入力し終わった後、画面が暗転した。そして、ゲーム画面が映る。

2Dの見下ろし型で更衣室らしきものが描かれている。そこに学ランを着た少年がいた。少年の目の前には水色の縞《しま》パンが置かれていた。

「ええ……なんですかこれ。なんで女子更衣室に男子が入ってるんですか」

『俺の名前はショコラ——趣味は女子更衣室に入ってパンツを盗むことだ』

「ちょっと待って。私、この変態なんですか！　嫌ですよ。こんな変態が私の分身だなんて」

『世間では、俺を下着ドロボーだと非難する者もいるだろう。

しかし、俺は現代に颯爽《さっそう》と現れた義賊だ。

パンツは確かに盗む。だが、盗んだパンツと同じ種類の新品のパンツとすり替える』

「なに言ってんですか。この人」

『俺は女子の使用済みパンツが手に入って嬉しい。女子はパンツが新品になって嬉しい。みんなが幸せになるウィンウィンの関係だ。俺にパンツを盗まれた方が幸せになれる』

「なんなんですかこのとんでもない理論は。こんなやつすぐに警察に突き出しましょうよ」

コツコツという足音と女子のガヤのＳＥが鳴り響く。

『まずい、女子がやってきた。予想外に早かったな。どこかに隠れないと』

そう言うと主人公はロッカーの中に隠れるのだった。

ここで画面が暗闇に変わる。ロッカーの中にいることを表現しているのだろうか。

女子のガヤガヤとした話し声が聞こえる。

「え？　これ、どうすればいいんですか？」

俺はよくわからないまま決定ボタンを押した。するとパァッと画面が明るくなり、女子更衣室が表示された。そこには着替え途中の女子が表示されていた。差分で女子たちがこちらに視線を向ける。


『イヤアアァァアア！　変態！』


「え？　み、見つかったんですけど。どうすればいいんですか？　これ」

俺は半笑いになりながらも実況を続ける。なんだ、このゲームは。


『こうして、俺は通報されて逮捕されてしまった　BAD END』


「終わった。な、なんですか。このゲームは！　変態が捕まったんだからそこはハッピーエンドでしょうが」

そして、タイトル画面に戻される。そして、そこにはスタートボタンしかない。

「え？　これ、セーブとかないんですか？」

俺は嫌な予感がしながら、スタートボタンを押した。

『あなたの名前を入力してください』

「また最初からなんですか！　もういい。こんなやつの名前、へんたいでいいです」

俺は主人公の名前を『へんたい』にして遊ぶことにした。

『俺の名前はへんたい——趣味は女子更衣室に入ってパンツを盗むことだ』

「私が親から変態って名づけられたら親をどう社会的に抹殺《まっさつ》するかを考えますね」

ここでカット編集を入れる。主人公《へんたい》がロッカーの中に入ったところから再開する。

女子の話し声が聞こえるけれど、それだけだ。ここから一体どうすればいいのか、さっぱりわからない。

「これなにをするのが正解なんですかねえ。このまま待ってみますか？」

しばらく、待っているとガチャッという音と共に、ロッカーの扉を開けた女子の姿が映し出された。キョトンとした表情の女子が、驚いて叫び声をあげている表情に変わる。

『イヤアァァアア！　変態！』

「待ってても見つかるんかい！　そりゃそうですよね！　ロッカーには使用者がいるんですからね」

『こうして、俺は通報されて逮捕されてしまった　BAD END』

「ええ……」

クソゲーすぎる。俺はもうこれ以上このゲームを続けていく気力をなくした。こんなゲームがトレンドに入る今の世の中を憂《うれ》いながら、俺はゲームを終了した。それじゃあ締めの挨拶でも撮るか。

「はい。女子更衣室脱出ゲームというゲームをやってみたのですが、いかがだったでしょうか？　続きを見たいという方は高評価を押してくださいね。チャンネル登録とSNSのフォローもよろしくお願いします。ショコラの3Dモデルも是非お買い求めくださいね。それでは、さよなら、さよなら」

まあ、多分続きを見たいと思う人はいないので高評価はつかないだろう。俺が視聴者ならこの動画に高評価はつけないぞ。

後はサムネをどうするかだな……更衣室が題材だから、ショコラがメイド服を半分脱いでいる様子でいいか。前を見せるのは流石にまずいから、背中を見せる感じで作ろう。

第10話　女子更衣室からは逃げられない

女子更衣室脱出ゲームの動画をアップロードし、俺は本業であるCG制作を始める。

2時間ほど作業した後に、件《くだん》の動画の反応を確認した。

再生回数：12500回

高評価：1100

低評価：19

バカな。たった2時間で再生回数1万超えだと！　これがトレンドゲームの力なのか？

[サムネに釣られてきました]

[ショコラちゃん背中きれいだね]

［ショコラちゃんの生着替え動画かと思った］

なるほど。俺が適当に作ったサムネが功を奏したのか。エロの効果は偉大。でも、この手法はそう何度も使えるものじゃないな。今回はたまたま、題材が女子更衣室というものだった。だから、このエロサムネが使えたわけだ。だけど、動画と関係ないサムネを出したら、反感を買う可能性がある。

一昔前は再生回数さえ稼げれば広告収入を得ることができた。でも、今は再生時間が評価値になるアルゴリズムが組まれている。サムネとタイトルだけで釣って、中身が伴っていないと動画の評価が下がり、広告単価も下がっていく仕組みだ。

［続きはー？］
［続きはよ］
［続き気になる］
［スマホ勢だからパソコン用フリゲＤＬできないの。ショコラちゃん続きお願い］

なんで続きを求める声がこんなに多いんだ。スマホ勢の人はしょうがないにしても、パソコン勢は自分でプレイできるでしょうが。

いやでも、待ってほしい。続きを求める声があるけれど、別にいらないという意見もあるのではないか？　いらない人は別にコメントしないよな。だから、みんなが続きを求めているように錯覚《さっかく》しているだけかもしれない。

これは、白黒ハッキリつける必要があるな。俺はＳＮＳのアンケート機能を使って、続きを出すかどうか決めることにした。

そして、そのアンケート結果がこれだ。

続きはよ…81％
別動画がいい…８％
どちらでもいい…11％

あ、これ続き作らなきゃダメなやつだ。低評価だったら、続き作るのやめようかと思ったけれど、仕方ない。クリアするまで頑張ろうじゃないか。

というわけで、俺は再び女子更衣室に侵入することになってしまった。

◇

「ショコラブの皆様おはようございます。バーチャルサキュバスメイドのショコラです。前回の動画が好評でしたので、女子更衣室脱出ゲームの続きをやっていきたいと思います。では、どうぞ」

主人公が女子更衣室のロッカーに入るところから再開した。ここまでの流れは予定調和だ。ここでの操作がこのゲームの分岐点である。

決定キーを押すと扉を開けてしまう。このまま操作しなければ、女子が扉を開けてしまう。あれ。これ詰んでいるんじゃないのか。

「ここから先どうしたらいいんですかねえ」

俺は方向キーを押した。すると主人公の向きが変わった。主人公の目の前には、女子生徒の制服がある。俺は何気なく決定ボタンを押した。

『女子生徒の制服を手に入れた』

「女子生徒の制服を手に入れたじゃないですよ！　あなた、パンツ以外に手を出さない信条はどこいったんですか！　これ以上罪を重ねないで下さい」

しかし、制服を手に入れただけでどうにかなる問題なのだろうか。そういえば、このゲームは決定キーの他にメニューを開くキーがあるのを思い出した。もしかするとこの状況を打破できるかもしれない。

「ステータスオープン！　なんちゃって」

どこぞの異世界転生者みたいなことを言いながらメニューを開いた。すると、そこにはアイテムという項目があった。

「アイテム……さっき、手に入れた制服もアイテム扱いなのかな？　ちょっと押してみよう」

すると画面が切り替わり、所持しているアイテムが表示される。所持しているアイテムは2つのようだ。女子生徒のパンツと女子生徒の制服。カーソルを女子生徒の制服に合わせる。すると画面上部のメッセージウィンドウに女子生徒の制服のテキストが表示された。


『青蘭《せいらん》高校2年3組　出席番号12番の制服　パンツじゃないから興味ない』

次に、パンツにカーソルを合わせる。すると今度はパンツのテキストが表示される。

『青蘭高校2年3組　出席番号24番のパンツ　早く匂いを嗅ぎたい』

「おお。主人公のパンツ愛が溢れるいいテキストですね。とでもいうと思いましたか！　もっと制服にも興味持ってあげて下さい」

制服にカーソルを合わせて決定ボタンを押すと、イベントが発生した。

『そうだ。この制服に着替えよう』

画面が暗転して、ガサゴソという音が聞こえる。そして、画面が再び表示された時に映っていたのは、女子生徒の制服を着ている主人公だった。

「わ……女装している。なんなんですかこのゲームは」

『よし。女子生徒の制服を着れば、俺も実質女の子だ。女子更衣室にいても不自然じゃない』

「ど、どんな理論なんですか。これは。ええ……？」

そして、イベントが自動的に進んだ。主人公は勝手にロッカーを開けて、外に出た。

『わ！　もう！　ビックリさせないでよ』

女子生徒が主人公を見て、リアクションをする。

『あはは。ごめん。驚いた？　みんなを驚かせたくてロッカーに隠れていたんだ』
『もう。そういうイタズラはやめてよね』
『あははははは』

女子生徒と主人公が和《なご》やかな雰囲気になっている。

『じゃあ。私、先に教室行ってるね』

主人公はそのまま、何事もなく、女子更衣室から出て行った。そして、画面に表示される「1ST STAGE CLEAR‼」という無駄にでかくてグラデーションがかかっている文字。

「いや、そうはなりませんよ！　ってか、ファーストステージってなんですか？　まだステージの続きがあるんですか⁉」

ステージをクリアしたら、セーブ画面らしきものが表示された。

「えっと一応セーブしますか」

この次も一発ゲームオーバーする未来しか見えない。その時になって最初からやり直すのは嫌すぎる。

セーブをし終えた後に表示されるのは、『あなたのお父さんの名前を入力してください』という文字だった。

「いや、なんでお父さんの名前を入力しないといけないんですか！」

もう、お父さんの名前を入力しろって言われても嫌な予感しかしない。どうせ、お父さんが変態にされるだけだ。

「まあいいや。適当につけちゃえ。パパでいいや」

『俺の名前はパパ。制服専門の泥棒だ』

「やっぱり、変態にされてましたね」

『制服はいい。デザイン、機能性、丈夫さ。そのどれをとっても一級品だ。値段が張るのが唯一の欠点だがな。そして、制服のいいところは下着と違って、プールの授業以外でも盗めるチャンスがあるところだ。通常の体育の授業でも、制服は脱がざるを得ない。つまり、俺たちに休みはない。まったく、休みなしで働くのは辛いぜ』

「ああ。もう通報するんで刑務所の中でたっぷりと休んでいてください」

『さて、今日も目的のブツを回収したし、さっさと出るか』

主人公が、女子更衣室の扉から出ようとする。しかし、カギがかかって出ることができなかった。

『あれ？　おかしいな……なんだこれ。暗証番号式デジタルキーがかかっている』

画面に表示される『番号を入力しますか？』という文字。

「まあ、適当に入力してみますか。１１０っと……」

何気なしに番号を入力したら、警報が鳴り始めた。そして、あっと言う間に警備員が駆けつけて主人公は捕まってしまった。

「ちょ、終わった」

俺が笑っているせいで、画面の下部に表示されているショコラの顔がケラケラと笑った。

「まさか、一発アウトの罠が仕掛けられているだなんて思わないじゃないですか！　やだー！」

なんだか普通の脱出ゲームが始まったみたいでワクワクしてきた。俺は主人公を操作して、ロッカーを開けたり、窓を調べたり、壁を調べたりと色々なことを試して、ヒントを集めた。

そのヒントを元に数字を入れて、見事女子更衣室から脱出することに成功したのだ。

ゲームはセカンドステージで終わりだった。これ以上引っ張られても困るのだけれど、いざ終わってみると物悲しいものがある。でも、それなりに楽しめて丁度いいボリュームだった。

「はい。というわけで、女子更衣室脱出ゲーム。見事クリアしましたー」

ショコラがパチパチと拍手をする。

「いやー。初めてのゲーム実況がこのゲームかー」

ショコラが憂《うれ》いを秘めた遠い目をする。言葉で言い表さなくても、この表情が色々と物語っていた。

「皆様。女子更衣室に忍び込んで窃盗《せっとう》を行うのは犯罪ですからね。くれぐれも真似しないようにしてくださいね！　そういう犯罪をしない紳士の皆様はチャンネル登録、高評価とＳＮＳのフォローをお願いします。それでは、さよなら、さよなら」

第11話 お仕事の依頼

【バーチャルサキュバスメイドのショコラのCG制作・雑談生配信】

このタイトルで生配信をすることにした。

俺は今までCG制作とVtuber活動を切り分けて考えていた。けれどCG制作の様子を生配信すれば、Vtuber活動はできるしCG制作は進むしで一石二鳥だということに気づいた。

ライブ配信前の同接数は760人。まあまあな数字だ。時間になったので、配信を開始しよう。

「あ、あー。聞こえますか？　音量大丈夫ですか？　あ、丁度いい？　ありがとうございます」

ちゃんとマイクが仕事してくれていることを確認してから、俺はCG制作ソフトを立ち上げた。

「ショコラブの皆様。夜ですね。おはようございます。今日は、生配信に来てくれてありがとうございます。作業を配信していくので良かったらお付き合いください」

俺はコメントを逐一確認しつつ、モデリングを始めた。

[今日はなにを作るの?]

「今日作るものですか? お屋敷で飼うペットを作ろうと思います。地獄の番犬ケルベロスですね。頭が3つあるワンちゃんです」

[ショコラちゃん犬好きなの?]

「好きですよ。犬派か猫派かといえば犬派ですかね。お世話すると懐《なつ》いてくれるので可愛いです」

雑談をしながら、犬の形を形成していく。犬の制作はCG制作初心者だった頃に、習作としてやったことがある。割とスムーズに形成できていく。

実物の犬の資料を見ながら、モデリングをしていく。資料を見ながら作品を作っていくのは大切なことだ。プロですら資料集めに時間をかけるほど、重要な工程。そこを疎《おろそ》かにすると成長することはできない。

[ショコラちゃんに犬として可愛がられたい]
[ショコラちゃんに首輪をつけて散歩したい]

ちょっと目を離した隙《すき》に変態コメントがついていた。タイプの違う2種類の変態が出会ってしまった。同接数が1000に満たない配信なのに、このコラボレーションは奇跡すぎる。

[ショコラちゃん頑張れー　¥1,000]

「わー。ありがとうございます。頑張りますね」

CG制作の配信は面白いのかどうかわからなかった。けれど、こうして投げ銭してくれる人がいる。一定の需要があるってことでいいのかな？

[ドッグフード代　¥2,000]

「ドッグフード代ありがとうございます。助かります」

まだ完成していない犬のドッグフード代をもらってしまった。

俺は、ファンのみんなと雑談をしながら楽しく作業をしていく。楽しい。いつも、1人で孤独にやっていた作業だったのに。誰かと一緒に喋っているというだけで、みんなで一丸になって作り上げていく感じがする。作っているのは俺1人でも、ファンの声援が力になり、俺の作業効率が少し上がっている。ような気がした。

とりあえず大まかな形は完成した。頭が3つある犬の形をしたもの。

「ふー。なんとか形にはなりましたね」

[おおーー！　これで完成？]

「完成ではありませんね。まだまだディテールを凝《こ》ることもできますし、実際に動かしてみての微調整も必要です。その繰り返しをしてようやく完成ですね」

俺はふと時計に目をやる。もうすぐ日付が変わるころだ。サキュバスとしてはこれからの時間が本番なのだろうけど、魂の俺は人間だ。明日、学校がある高校生だ。素直に寝たい。

「とはいえキリがいい所ですし、本日の配信はここまでにいたしますかね。これからご主人様のお世話をしなければなりませんから」

これから寝たいので配信を切ります。そう言ってはいけない。ショコラはサキュバス。俺はショコラを演じている。サキュバスが夜に寝るという夢を壊す発言をしてはいけない。どこぞのギャル吸血鬼じゃないんだから。

［ご主人様に夜のお世話？］

「夜のお世話……ふふ、意味深な言い方ですね。私はサキュバスですけど、清純派です。皆様がご想像なさっていることは致しません」

サキュバスとメイド。これは男のロマンである。視聴者のみんなが食いつくのも仕方ない。というかなんでこれで売れないんだ？　高いからか？　残念だなあ。

「そろそろ配信切りますね。遅くまでお疲れさまでした。さよなら、さよなら」

こうして、俺の生配信は終了した。俺はこのままパソコンの電源を落とし、部屋の電気を消して就寝することにした。

◇

翌日。学校終わりに、俺はまた活動を開始する。まずは、チャンネル登録者数のチェック。1万8000人！　凄い！　2万人が見えてきた。SNSのフォロワー数1万2000人！　ん？　なんだこれ。メッセージが届いているぞ。

『初めまして。ショコラ様。私は同人ゲームサークル【プリンセスデモンズ】の代表です。先日のショコラ様の生配信を拝見させて頂きました。あなたのモデリング技術は素晴らしい。当サークルのゲームのイメージに合致するデザインセンスです。もし、都合がよろしければ、3Dモデリングの依頼をしてもよろしいでしょうか？　もちろん、報酬はお支払いします。ぜひご検討のほどお願いします』

「え？」

俺は目を疑った。まさか、俺にCG制作の依頼が来るとは思わなかった。しかもきちんとした報酬つきだ。プリンセスデモンズ。どういうサークルなんだろう。調べてみよう。そう思って、俺は検索エンジンをかけた。

しかし見つかったのはSNSのアカウントだけ。その紹介文も現在ゲーム制作中というものだった。新規のサークルでまだ作品を出していないのか。どういう作品を出すサークルなのか知りたかったな。

そうか……なにも俺自身が3Dモデルを売りに出さなくても、新規に俺に制作依頼をくれるという可能性もあったのか。そういう稼ぎ方もある……そして、このCG制作も俺の実績になる。これで実績を上げれば、ショコラの宣伝にもなって、3Dモデルが売れる！　完璧な論法だな！

　ということは、善は急げだ。待遇《たいぐう》とかその辺を確認しないとな。

『メッセージありがとうございます。ご依頼を受けるにあたって、いくつか質問がありますがよろしいですか？　私が企業に向けて提出するポートフォリオに今回の成果物を載せることは可能でしょうか？　次に、ゲームのクレジットに私の名前は載りますか？　最後に報酬についてお聞きします。私は何体の３Ｄモデルを制作し、いくら頂けるのでしょうか？』

　俺は以上のメッセージを送った。この辺はきっちり確認することは大切だ。著作権や守秘義務等の関係でポートフォリオに載せてはいけない案件もある。それに、クレジットに名前が載らないんだったら俺の存在は秘匿されることになる。つまり、このゲームに携わりましたって宣伝もＮＧだ。この辺のルールは師匠が教えてくれた。

　しばらく待っていると返信が来た。

『ポートフォリオの掲載はご遠慮願いたいです。申し訳ありません。クレジットについては、掲載する予定です。ご希望なら裏名義でも可能ですよ。現在の予定では、４体で５００万円（消費税抜き）をお支払いする予定です。前向きに考えて下さるのでしたら、打ち合わせをしたいのですが、よろしいですか？』

　４体で５００万円⁉　１体当たり１２５万円。ショコラの総売上を軽く凌駕《りょうが》している。

4体をどれくらいのクオリティで仕上げるのかは要相談だろうけど、500万は魅力的な金額だ。ゲーム用のキャラだからモーションとかその他諸々がついて大変だろうけど、やる価値はあると思う。

『わかりました。ぜひ前向きに検討したいと思います。今度打ち合わせをしましょう』

『はい。あ、すみません。言い忘れていたことがありました。当サークルは18禁向けのゲームを制作しているのですが、大丈夫でしょうか？　ニッチなジャンルでして、獣系のエロを扱う予定なんです』

「え？」

いやいやいやいや。無理に決まってるでしょうが！　俺は高校生だ！　18歳未満だ。そもそもこの案件の受注資格がない！　終わった。せっかく仕事が舞い込んできたと思ったのに。しかも獣系のエロってなんだよ。そうだよな！　あのケルベロスの出来を見て依頼を寄こしたんだから、そうなるわな！

チクショウ！　俺が18歳未満だから！　チクショウ！　どうして、18禁なんて概念があるんだ。そんなもの俺の同級生の男子でも律儀《りちぎ》に守ってるやつなんかいないのに。

俺は手にしてもいない500万円を失った気分になり、涙を飲んでお断りメッセージを送った。俺が後、数年早く生まれていればこんな悲劇は起こらなかったのに。

第12話　初カラオケ

俺は今日も今日とて、作業を行っていた。バーチャルケルベロス（名前未定）を早く世に出したいからだ。

やはり、CGデザイナーとして活躍するには色んなモデルを作れるようにならなければならない。人、動物、背景、その他小物。

今は、ケルベロスが物を食べる時のモーションを作っているところだ。ケルベロスは頭が3つある。その辺の事情も考えて、どう食事シーンを描写するかを考えている。

実際に、犬が食事をする動画を見て参考にしよう。俺は、動画投稿サイトで「犬　食事」で検索して望みの動画を探した。

マルチーズがエサ皿の前でお座りしている動画が始まった。飼《か》い主《ぬし》と思われる人の手が映り、エサ皿に犬用のベッチャベチャしている謎の肉が盛られる。エサが盛られた瞬間、マルチーズがエサにかぶりつこうとする。が、飼い主の「待て」という声にピクッと止まり、切なそうな目でエサを見ている。

飼い主のご機嫌を伺うような上目遣いをする。そして、媚《こ》びるように「くぅーん」と鳴く。なんだこの可愛さ。お持ち帰りしたい。

飼い主の「よし！」という声に反応して、マルチーズがエサを食べ始める。マルチーズが食べる様子をカメラが色んな方向で撮影する。これが見たかったんだ。マルチーズがエサを食べ終わる頃に動画が終わった。それにしても、やっぱり犬は可愛いな。よし、動きは大体わかった。これを参考にモーションを作っていこう。

そう思ったその時、動画終了時に出る、関連動画。それが俺の心を摑んだ。色んな可愛い動物のサムネイルが一覧として表示される。サムネイルだけでこんなに可愛いのに、動画で見たらもっと可愛いに違いない。

いや、ダメだ。動画を見ていたら時間が取られる。特にアニマル動画は時間泥棒だ。彼らの可愛さに負けて、次々に関連動画を再生する無限コンボを叩きこまれる。あのコンボを叩きこまれたら最後、二度と沼から抜け出すことができない。

抜け出すなら今しかない。俺は、自身の感情に従い、マウスを操作してクリックした。そして、再生されるアニマル動画――。

大丈夫。1動画だけなら。1動画だけならまだ引き返せる。

玄関から家に帰ってくる飼い主。それに気づいた犬が、ピョコピョコと出迎える。犬が床にゴロゴロして、甘えたいオーラを出してくる。しかし、飼い主はそれを無視して、進もうとする。すると、犬は飼い主の後をついていき、めげずにお腹を見せるポーズをとる。それがまた可愛らしい。

そして、動画は終了した。またもや表示される関連動画。しかも今度は気になる動画が2つある。いや。ダメだ。開いてはいけない。動画を見たら時間が吸われる。しかし……。

ふと、俺のスマホが鳴った。この音は着信だ。俺に電話をする人間なんて少ないけど、誰だろう。そう思って、スマホの画面を見るとそこには【賀藤真鈴《がとうまりん》】と表示されていた。俺の姉さんだ。現在、絶賛一人暮らし中のガールズバンドのベース担当。21歳。彼氏なし。

流石に姉さんの電話を無視するわけにはいかないので、電話に出ることにした。

「もしもし。姉さん？　どうしたの？」

「琥珀《こはく》。あんたヒマでしょ？」

「ヒマなわけないだろ」

電話してきて開口一番に言うセリフがそれか。こっちはアニマル動画を見ていて忙しいんだ。

「ちょっと今日カラオケに付き合いなさいよ」

「やだ」

「なんでよ」

「友達と行けよ」

「誘ったんだけど、どういうわけか、みんな用事があるんだよね。彼氏がいないとか言ってた子もデートがあるとか言い始めるし」

「じゃあ、真珠《しんじゅ》と行けばいいだろ」

真珠とは賀藤家の末妹。賀藤家の兄弟構成は、社会人の大亜《だいあ》兄さん。バンドマンという名のフリーターの真鈴姉さん。高校生の俺。そして、中学生の真珠の4人兄妹だ。

「真珠もデートだよ！　チクショウ！　姉の私を差し置いて、中坊の分際でデートに行きやがって」

真珠は賀藤家の中で唯一の恋人持ちだ。社会人、バンドマン、高校生が揃いも揃って、女子中学生に先を越されている。世の中とは世知辛いものだ。

「仕方ないなあ」

「行ってくれるの⁉」

「ヒトカラ専門店紹介するから、そこに行きな」

「既に行ってるわ！　だから、たまには誰かと一緒にカラオケ行きたいのー。おねがーい。一生のお願いだから。ねえ！」

なんだこのウザい生き物は。

「大体にして、俺がお金ないの姉さんも知ってるだろ」

姉さんも賀藤家の方針によって、高校生の頃からお小遣いはもらえていない。そういう辛い境遇を味わった仲間じゃないのか。

「奢《おご》るからー。カラオケ代奢るからー。山盛りポテトもつけるからー」

「お供します。姉上殿」

ということで俺は姉さんと一緒にカラオケに行くことになったのだ。山盛りポテトの誘惑には勝てなかった。俺の若い肉体は今、無性に塩と油を欲しているのだ。

◇

駅で待っていると、改札口から姉さんが出てきた。前髪だけ金髪に染めたスタイルと両耳につけたピアス。黒一色の服装はかなり目立つ。

「やっほー。琥珀。元気だったー？　あんた、また背が伸びたんじゃない？」

「この前測った時、全然伸びてなかったから。いい加減なこと言うのやめてくれ」

中学までは健康診断の度に順調に身長が伸びていたけれど、高校に入ってからは伸びなくなってきている。もう、成長の限界を感じている。

「それじゃあ、いこっか」

俺は姉さんと付かず離れずの距離を保ちながら、カラオケ店に入った。店員に案内されるがまま、俺たちは個室に入る。

「私が先に歌っていい？」

「ああ。好きにどうぞ。俺は飲み物とポテトを注文するから。姉さんはなに飲む？」

「ウーロン茶がいいな」

「あいよ」

俺は壁にかかっている電話を取り、ポテトとメロンソーダとウーロン茶を注文した。その間に姉さんの選曲が終わり、曲が流れ始めた。

いきなりの爆音から始まる曲。姉さんの口から漏れ出すデスボイス。音程があっているのかあってないのかすら判断がつかないほどの声量。鼓膜が破壊されそうだ。なるほど。みんなが姉さんとカラオケに行きたがらない理由がわかった。俺も二度と姉さんとカラオケに行きたくない。

4分ほどの拷問《ごうもん》に耐えたその後に、ようやく曲が終わった。だが、それは始まりの終わりに過ぎない。今日は姉さんと2人きりのカラオケ。ロングフリー。まだまだ地獄の時間は数時間も続く。

「ふう。スッキリした」

姉さんが歌い終わった後に、俺が選曲していた歌が流れ始める。姉さんが激しい曲を入れたので俺は落ち着いた曲調の曲を入れた。ああ。もう美しい音色のピアノソロの前奏だけで心が癒される。先程の騒音で荒《すさ》んだ心が洗われていくようだ。

俺はマイクを手に取り、歌った。この曲は初めて歌うけれど、何度か聴いたことがある。だから、音程とかは摑んでいると思う。

俺が歌い終わる頃、姉さんは目を瞑《つむ》って、静かにしていた。どうしたんだろうか。

「ん？　もう終わり？　琥珀。あんた歌上手いじゃない。姉さんに歌が上手いの隠していたな？」

「そうかな？　自分じゃそうは思わないけど」

「正直、歌声だけなら、私の好みのタイプなんだよねえ。歌っているのが琥珀じゃなかったら、惚れてたわ」

「なんだそれ」

別に姉さんに惚れられても全然嬉しくない。むしろ気持ち悪い。

「だから、琥珀の情報をできるだけ断つために目を瞑ってた。視界に入れると萎《な》えるから」

「失礼にもほどがあるだろ！」

「なんだよ！　歌声がいいって褒めてるんじゃないの！」

「褒められた気がしないんだけど」

不貞腐れた姉さんは山盛りポテトにケチャップを付けて、バクバクと食べ始めた。

「ねえ。琥珀。あんたさ。ネットに歌声上げてみたら？　きっと人気になれるよ」

「は？」

いや、本当に「は？」なんだけど。え？　このタイミングで俺にその話するってことは、俺がＶｔｕｂｅｒ活動していることに気づいている？　まだ家族にも打ち明けていないのに。

「ほら、歌ってみた動画とかあるじゃん？　琥珀の歌声は綺麗なんだからきっと人気出るよ！　だから、配信始めてみたらいいんじゃないかな？」

この言い方なら、俺がＶｔｕｂｅｒやっていることに気づいてないようだ。

歌配信か。考えたこともなかったな。俺は姉さんとは違って、音楽をやっていこうとは思わなかったから。

「まあ、考えておくよ」

別に肯定も否定もしない。そういうニュアンスの発言をする。その瞬間、姉さんの目が輝きだした。

「おー！　やってくれるの！」

「いや、やるとは……」

どういう解釈《かいしゃく》をしたらそうなるんだ。

「それじゃあ、毎週土曜日は琥珀の特訓だ！　あんた声質はいいんだから、後は技術の問題。私がみっちり叩き込んでやるんだから」

「ええ……」

勝手にスケジュールを入れられてしまった。どうしてこうなった。

第13話　歌唱力振り

土曜日。本来ならなんでもない休日だ。動画を作ったり、配信をしたり、モデリングの作業をする時間にあてたいはずの貴重な時間。それなのに、俺は電車に乗って3駅先の姉さんのマンションを目指していた。
土曜日に俺の歌の特訓をする。最初は冗談で言っているのかと思って気にも留めてなかった。けれど、金曜日の夜から、俺のスマホにウザいくらいに姉さんからのメッセージが届いていた。

マリリン：琥珀《こはく》ー！　明日、特訓するよ。忘れてないよね？
マリリン：おーい！　琥珀ー。既読無視されるとお姉ちゃん泣いちゃうぞー
マリリン：明日来なかったらひどいよ
マリリン：明日来てくれたら、ビーフシチュー作ってあげるんだけどな
琥珀：わかった。行くよ

マリリン：コラ！　食べ物で釣られるな！

悔しいけれど、姉さんの料理の腕はプロ並だ。正直、バンドマンとかやってないでシェフを目指した方が大成すると思うくらいに。調理担当で働いている飲食店でも、正社員にならないかと声をかけられているくらいには実力が認められている。姉さん的にはバンドをやる時間が欲しいので断っているそうだ。

姉さんのマンションに辿り着いたので、インターホンを押した。ドアが開き中から姉さんが出てきた。その背後には目を背けたくなるほどの汚部屋が見え隠れしていた。

「やあ。琥珀いらっしゃい」

「きったない部屋だなあ」

俺は率直な感想を述べた。賀藤《がとう》家は両親共仕事の都合で不在の時が多くて、兄妹間で家事を分担して行っていた。姉さんは料理が得意だったけれど、他の家事はからっきしダメだった。掃除が大の苦手なのは一人暮らしをしても変わらないようだ。

「あはは。いいじゃない別に」

「良くない良くない。なんで脱いだものを脱ぎっぱなしにするんだよ」

廊下にピンクのスウェットが抜《ぬ》け殻《がら》のように脱ぎ捨てられていた。それだけならまだしも、靴下、パンツ、ブラなどの下着類まで散乱しているのは目を覆いたくなる光景だ。

そりゃ、姉さんに彼氏ができないわけだ。

「あのさあ、姉さん。今日は俺が来るのわかっていたよね？　なんで綺麗に掃除しなかったの？」

「したよ？　した上でこれ」

俺が来る前までは、もっと汚かったのか。呆れて物も言えない。

「あ、琥珀。お茶飲む？」

そう言うと姉さんは床に雑に置かれてあった2リットルのお茶のペットボトルを拾い上げる。中身は半分入っている飲みかけのようだ。

「いらない」

「ええ。口つけてないよ？」

「とにかく、特訓の前に掃除しよう。こんな環境人が住める環境じゃない」

「えー」

「えーじゃない。2人でやれば早く終わるから、さっさとしよう」

こうして、俺たちは掃除を開始した。流石に衣類を俺が触るわけにはいかないので、その辺りは姉さんに任せる。俺は、その他の掃除を始める。全く俺は家事代行じゃないっての……いや、仮想空間ではメイドをやってるけど。あれは設定だから。

そんなこんなで、2時間ほどかけて、なんとか部屋を綺麗にした。

「ふう。なんとか綺麗になったね。いやー。綺麗な部屋って気持ちがいいもんだね」

姉さんは両手を広げてくるくると回り始めた。

「そう思うんだったら、定期的に掃除をしてくれ」

「汚くなってから掃除すればいいでしょ」

「汚くなる前に掃除するんだよ！　全く、俺は掃除をするために姉さんの家に来たわけじゃないんだぞ。俺はビーフシチューを食うために来たのに」

「違うでしょ！　琥珀の歌唱力を鍛えるために来たんでしょ」

俺からしてみれば、特訓なんかビーフシチューを食べるためのついでに過ぎない。

「よし、それじゃあ早速特訓するよ。ウチのマンションはきちんと防音してあるから、遠慮なく大声出していいからね。まずはリップロールからね。私の真似して唇を震わせて」

姉さんが「ブルルルルル」と唇を震わせた。俺も姉さんの真似をして「プルルルルル」と唇を震わせる。

「うーん。ちょっと音が高いかな。まずは低音からね」

先程は音の高さを特に意識してなかった。けれど、今度は意識して唇を震わせてみた。

「上手い。上手い。やっぱり、琥珀。あんた才能があるよ。どう？　ウチのバンドに入ってみない？」

「姉さんのバンドはガールズバンドだろ。俺じゃ入れないよ」

「あはは。そうだったね。じゃあ、女装して女の子になってみる？」

「な、ならんわ！」

姉さんの「女の子になってみる？」という発言に俺の心がビクッとした。実際に俺は美少女のガワを使って、Ｖｔｕｂｅｒとして活躍をしている。言わば、ネット上では俺は女の子ということになっている。別に俺は女装癖があるとかそういうことじゃないと思う。ただ、作った３Ｄモデルがたまたま女の子だったから、そのガワを使っているだけだ。だから、俺はそういう願望はない。

「でも、琥珀は声質が中性的だよね。なんていうの？　ちょっと低めの女声かな。こう、男声に間違われるタイプの女声っていうか。飲み屋のお姉さんにいそうなハスキーボイスなタイプ？」

またそういう評価を受けるのか……確かに俺は元から男にしては声が高い方だった。電話越しでは確実に女子と間違えられていたし。でも、変声期を迎えてからは声が若干低くなり、掠《かす》れた声質になった。だから、そこまで間違えられなくなったと思ったけれど。やっぱり、中性的な印象を与えてしまうのか。

「本当にね。琥珀のその天然の声質は貴重だと思うの！　これを世に出さないのは勿体ない！　この奇跡的なバランスは中々とれる人はいないと思う！」

姉さんが俺の両肩に両手を置いて鼻息を荒くする。なんだ。なにが、どうして俺の声がこの人の琴線に触れてるんだ。

「本当にね！　私、昔っから中性的な歌声に弱いの！　この声の持《も》ち主《ぬし》が琥珀だという点は惜しいけれど。身近な存在にこんな逸材がいたとはね。一生の不覚だった」

「ああ、そうですか……」

その後も姉さんのレッスンは続いた。姉さんの出す音に合わせて、発声する練習もしたし、実際の楽曲を使って歌の練習もした。そんなこんなで、すっかり夕食の時間になった。

「それじゃあ、そろそろ夕食にしようか。一晩寝かせたビーフシチュー。好きでしょ琥珀」

「うん。大好きさ」

「温めてくるからちょっと待ってて」

待つこと数分。アツアツのビーフシチューが俺の目の前に提供された。俺は熱を冷ましてからビーフシチューを口に入れる。とても美味い。程よいコクと芳醇《ほうじゅん》な香り。具材もゴロッとしていて噛むとホロッと崩れて口当たりがいい。正直言って、金を出せるレベルだ。

「美味い……美味い……」

あまりの美味さに俺の語彙力は喪失した。姉さんが実家から出て行ってしばらく経つけれど、料理の腕は格段に上がっている。久しぶりに読んだ少年漫画の強さがインフレしていたような気分だ。

「兄さんや真珠《しんじゅ》にも食べさせてやりたかったな」

「そうね。今度部屋が汚くなった時にでも、兄貴と真珠を呼ぼうかしら」

「掃除させる気満々じゃないか！」

将来、姉さんと結婚する人は苦労しそうだ。弟の立場としては、ちゃんと掃除できる人と結婚して欲しい。でないと心配だ。

「さてと……そろそろ俺は帰るよ」

ビーフシチューを食べ終わった俺は席を立った。

「もう帰るの？　もっとゆっくりしていけばいいのに」

「俺には、やらなきゃいけないことがあるからね」

今日やるべきことはまだある。俺にはＣＧデザイナーとして活躍する夢がある。そのためには、どんどん３Ｄモデルを作っていき技術力を上げていかなければならない。

それに、Ｖｔｕｂｅｒショコラの動画・生配信を心待ちにしていてくれる人がいる。彼らのためにも、俺はまだまだ頑張らなければならない。活動期間は、俺がＣＧデザイナーとして大成するまでの間だけど、その間は精一杯Ｖｔｕｂｅｒ活動を手を抜かないつもりだ。いずれ引退する身だとしても全力で取り組もう。

「あ、琥珀！」

玄関で靴を履こうとしている俺を姉さんが呼び止めた。なんの用だろうか。

「来週も部屋が汚れていると思うから、掃除よろしくね」

姉さんが悪びれる様子なくウィンクしてみせた。

「誰がするか！」

第14話　歌ってみた動画

平日の夕方。学校終わりの時間帯。賀藤《がとう》家の面々の行動は以下の通りになっている。

鉱物学の研究者である父さんは、フィールドワークで海外赴任中。演出家である母さんも毎日遅くまで仕事をしている。会社勤めでSEの兄さんもこの時間帯には帰ってこない。妹の真珠《しんじゅ》も部活で帰るのは夕方過ぎになる。

つまり、この家に住んでいる人物でこの時間帯に家にいるのは俺しかいない。歌ってみた動画の録音をするタイミングは正《まさ》に今！

配信は声を抑えればなんとか不審に思われずに済む。けれど、歌となるとやはり大きな声量を出さなければいい歌声は出ない。大音量で歌えば、家族に迷惑がかかるから、夕方以降に録音するのはなしだ。

緊張してきた。この日のために準備をしてきたのだ。二次利用可能な音源探しから、Ｍｉｘ――歌声と音源を混ぜ合わせて聞きやすくする作業――をしてくれる人探しから交渉や打ち合わせまで。

俺は意を決して、録音を始めた。俺が今回歌うのは、女性ボーカルのアップテンポの曲だ。歌詞を間違えないように慎重に歌う。歌を歌いきることしか考えない。それ以外のことは思考をシャットダウンし、頭を真っ白にする。

歌もサビに入り、これから盛り上がるというところ。事件は起きた。

「いえ――ああ――――!!」

窓の外から小学生の叫び声が聞こえた。

「うぇ――――い!!」

「じゃ――ね――!!」

俺は失念していた。今は昼間だ。小学生の下校時刻と見事なまでに被っている。となると当然、騒ぐ小学生が現れるのもしょうがないことだ。

俺は一旦録音をストップし、音を確認する。見事なまでに小学生の「うぇーい」が録音されていた。

いきなり出鼻を挫《くじ》かれたな。今回はたまたま運が悪かっただけだ。また録音しよう。

俺は歌い始める。すると今度は、救急車がサイレンを鳴らしながら通り過ぎて行った。

なんてこった！　救急車じゃしょうがない！　人命の方が大事だからな！

ダメだ。どうしても住宅街だと雑音が入る。俺の家の立地条件的には録音に向かない。

かといって防音設備があるスタジオを借りるお金もないし、どうしたものか……あ、そうだ。防音といえば姉さんのマンションだ。姉さんは自宅でベースの練習をするために防音の部屋を借りたと言っていた。ちょっと、姉さんに頼んでみよう。

俺は姉さんに電話をした。

「もしもし。姉さん？」

「ん？　どうした琥珀《こはく》？」

寝起きを思わせるくらい気怠そうな姉さんの声が聞こえる。

「ちょっと姉さんの部屋を貸して欲しいんだけど」

「いいけど何に使うの？」

「ちょっと歌の録音に使いたいんだ」

「ん。いいよ。私は寝室で寝てるから勝手にあがってて」

そう言うと姉さんは電話を切った。本当に寝起きだったのか。姉さんのマンションの合鍵は万一の時に備えて実家に置いてある。俺はその合鍵を持って、姉さんのマンションに向かった。

◇

姉さんの家に入ると、そこそこ散らかっていた。チューハイの空き缶がそこら中に転がっている。ちょっと前に掃除したばっかなのに、よくもまあこんなに散らかして。

寝室の扉が閉まっている。寝室とリビングも防音の壁で仕切られているので寝ている姉さんを起こす心配はない。

「それじゃあ早速録音するか」

俺はスマホの音楽制作アプリを起動させた。本当はちゃんとした機材が揃っているパソコンでやりたかったけれど、仕方ない。自宅からここまで運び入れることはできなかった。今ではスマホで歌動画を録音できる時代になった。

諸々の設定をした後、俺はなんどか録音テストをしてみる。よし、この音質なら問題なさそうだ。ということで、俺は再び歌い始めた。

やはり防音のマンションは安心する。自宅でもそれなりに大声で歌っていたと思うけれど、それでもやっぱり近所迷惑にならないように若干のセーブはあった。けれど、この防音マンションではそういうのは気にする必要はない。思う存分、心の赴くままに歌うことができる。

無事に録音を終えた俺。俺は、自分の歌声をチェックする。ノイズとかその辺りは問題ないと思う。後はこの歌声のクオリティがどれだけのものかというのが問題か。俺は音楽を専門にやってないから、本職の人と比べたら見劣りするかもしれない。けれど、アップロードしてみないことにはなにも始まらない。

せっかく、姉さんに歌声を鍛えられているんだ。だったら、この歌声を活用しないともったいない。というか、そうしないとただ単に無駄に時間を削られただけになるからな。

後はこの音をＭｉｘ依頼に出して、ショコラが口パクしているモーションの動画と併《あわ》せて、エンコードして……と、やることが多い。当初はＭｉｘすら自分でやろうと思ったけれど、流石にこれを自分でやるには労力と時間がかかりすぎる。ただでさえ、ＣＧ制作とＶｔｕｂｅｒ活動に追われているんだから。時間と体力は有限だ。個人の力には限界があると思い知らされたのだ。俺もついに人に依頼をする立場になったのか。そう思ったら、何だか感慨深いものがあった。

とりあえず、クオリティは妥協《だきょう》したくないからＭｉｘにも金をかけた。幸い、支払いは月末まで待ってくれるらしい。なので、先月分の収益から、報酬を支払うことは可能だ。俺の残り僅《わず》かなお年玉貯金を切り崩さなくて済む。

俺はひとまず、姉さんのマンションから退室し、自宅へと戻った。一通りの作業を終えて、俺は就寝した。

◇

Ｍｉｘ師に依頼を出してから10日程が経過した。依頼していたものが完成し、納品されたのだ。俺は早速、Ｍｉｘ師にお礼のメールを出して、月末に報酬を振り込む旨《むね》を伝えた。こういう細かなコミュニケーションのやり取りも仕事をしていく上では重要だ。

俺は早速納品された音声を聴いてみる。すると編集する前よりも格段に聞き取りやすくなっていると感じた。歌声は自分のもので変えようがないからしょうがないけど、少なくとも耳に心地いいと思う。後はこの歌声を聴いてくれる人が気に入ってくれるかどうかだ。

歌声とショコラのリップシンク。表情変化。カメラワーク。字幕入れ。これらの作業に数日の時間を費やした。多大な苦労の末、ついに歌ってみた動画が完成したのだ。

長かった。この動画1本上げるのにかなりの時間を要した。けれど、満足だ。完成した成果物を頭から再生させるだけで、不思議と達成感が湧いてくる。

この動画をエンコードし、俺は初めての歌ってみた動画を上げた。正直言って、俺の歌声がどこまで評価されるかわからない。姉さんは気に入ってくれたみたいだけど、世間一般の評価というものがどれほどのものなのか。緊張してきた。

ショコラの動画を初公開した時ですらこんなに緊張しなかった。モデリング技術に関しては一定の自信があったから、そこまで心配はしてなかった。でも、歌唱力に関しては自信があるわけじゃない。期待と不安の気持ちが半々の状態だ。
アップロードしてから数時間後、俺は動画につけられたコメントを確認した。

[ショコラちゃん歌上手い！]
[この歌声は間違いなく女の子]
[男説信者息してるかー？]
[歌声がセクシーでえっちだ]
[ショコラママに子守唄歌って欲しい。ばぶばぶ。おぎゃー]
[モーション技術の高さが凄い。本当に個人勢？]

好意的なコメントが多くて安心した。いや、ガチの変態も交ざってるが。とはいえ歌が上手いというコメントは素直に嬉しいし、何よりモーションに関して褒めてくれる声があったことがとても嬉しかった。俺の第一目標はあくまでショコラを売ることで、この歌動画もプロデュースするための1つの戦略に過ぎないのだ。これが購買に繋がってくれるのが何よりである。

ところで、なんか女の子説が有力になってきているけれど、これは見なかったことにしよう。動画を見つつミックスボイスとか女声ボーカルの歌を練習したおかげで今までより高音を出しやすくなったと思う。

後、子守唄は絶対に歌わない。これ以上変態を喜ばせてはいけない。

第15話　ペット紹介動画

ショコラのチャンネル登録者数2.4万人！　SNSのフォロワー数1.7万人！　そして、3Dモデルのの DL数は……なんと！　なんと！　驚異の7！　今月に入って、1体売れた！　後、93体売れば売上は300万円に到達する！　300万円あったら、贅沢《ぜいたく》し放題だ。旅行にも行けるし、美味しい物だって食べられる。モデリングに必要な資料集めだって思いのままだ。人を雇って、俺がデザインした3Dモデルを使ったゲームだって開発できるかもしれない。いや、それは300万じゃ心許《こころもと》ないか。

そんな絵に描いた餅を喉に詰まらせそうになる妄想をする。先月2体、今月1体。Vtuberショコラ効果は地味にだが出ている。60日以上1体も売れてなかった時期を考えると大きな躍進だ。

今月の収益はどうなるんだろうな。慣れない作業である歌ってみたに挑戦してそこでかなり時間とコストが取られた。そのせいで、他の動画や生配信による利益は出ないかもしれない。でも、チャンネル登録者数は順調に伸びているから、新規ファンの獲得には成功したと思う。

　今月も半分が過ぎた頃。そろそろ右肩上がり的に頑張らなきゃいけない時期。俺は、ある動画を打ち出すことに決めた。それは、ペット紹介動画だ。

　地獄からやってきた番犬ケルベロス。これをずっとモデリングしてきた。そして、それが完成したのだ。

　俺は将来、仮想空間でペットと触れ合えるサービスを提供したいと思っている。家庭や経済的事情でペットが飼えない人、日本では条約や気候の関係で飼えないペット、既に絶滅してしまっている動物。仮想空間ならそういった要素を全て解決することができる。また今回のケルベロスのように、架空の生物も飼えるようにできる。そんな仮想空間を俺は創り上げたかった。

　そのために、俺はCGデザイナーを目指していたのだ。自身の頭に思い浮かべたものを形にできる力が欲しかった。俺の本当の夢を実現させるための足掛かりとして。

　今回モデリングしたそのケルベロスは第一歩。ショコラとケルベロスが戯《たわむ》れるシーンの動画は重要な役割を果たすだろう。

　というわけで撮影開始だ。俺は撮影前に水を飲み、コホンと咳払《せきばら》いをして声の調子を整えた。

「ショコラブの皆様おはようございます。バーチャルサキュバスメイドのショコラです。

本日は、お屋敷で飼っているペットをご紹介したいと思います。それがこのバーチャルケルベロスです」

俺は手元に持っていたワイヤレスコントローラーを使って、パソコンを操作した。そして、三人称視点から、ショコラの一人称視点に切り替えた。今までの動画ではショコラを見せるために、ショコラの主観視点は使っていなかった。けれど、今回はケルベロスを主観で見せたかったので、このような手法を取ることにした。

画面に映し出されるケルベロス。このケルベロスはまだ、ＡＩが搭載されていないので自律して動くことができない。だから、こちらがワイヤレスコントローラーを使って動きをコントロールしてやらなければならない。

俺がボタンを押すと、ケルベロスがショコラの周りをぐるぐると周回し始めた。

「おー。よしよし。いい子ですねー」

ケルベロスをいったん止めて頭を撫でようとする。しかし、その時誤ってワイヤレスコントローラーの操作をミスってしまい、ケルベロスが目の前のものを食べようとするモーションが発動してしまった。

ショコラの手をハムハムとするケルベロス。その衝撃的映像が映し出されてしまった。

「アアアァァァァァ!!　アアアァァァァァ!!　痛い！　痛い！　やめてえええぇぇぇえ！」

最早、板についてきたリアクション芸。さらにケルベロスが一定時間以上嚙んだ箇所のポリゴンを消し、やがてオブジェクト毎消滅するようにプログラムも仕込んでいる。まずい。このままでは、ショコラがケルベロスに食われる。

俺は急いで、コントローラーを操作してケルベロスをお座りさせた。首をかしげて命令を待っているケルベロス。とても可愛らしいが、さっきまでの凶暴性を見ると表情がどこか狂気じみているように感じる。

俺はショコラの無事を確認するために、人称視点を三人称に戻して嚙まれた右手をじっくりと観察した。人差し指と中指の第二関節までが消失していた。無理矢理ポリゴンが消されたせいでショコラの手の形が若干、歪になっている。

「あ、危なかったですね。なんとか致命傷で済みました」

このまま撮影続行するのは無理だと判断したので、俺は一旦ここで動画をストップ。続きは別撮りで再開しよう。

アイキャッチとして、ショコラが指に包帯を巻いているスチルを作成した。これで指の治療中を表現するのだ。

アイキャッチ終了後に別動画の撮影を開始した。今度はコントローラーの操作を間違えないようにしないと。

「ふう。ひどい目に遭いましたね。私の指ですか？　大丈夫ですよ。問題なく復活して

います。サキュバスですから」

ショコラの手をカメラに映して見せる。ショコラの指は何事もなく復活している。これが仮想空間じゃなかったら、大惨事《だいさんじ》を引き起こしていたところだった。

「皆様知ってますか？　ケルベロスは甘いものがとっても大好きなんですよ。特に蜂蜜《はちみつ》のお菓子が大好きだそうです。というわけで、蜂蜜を練りこんだクッキーを焼いてきました」

ケルベロスの前に3つのエサ皿を置いて、そこにクッキーを入れる。そして、ケルベロスの視点を操作して、食べるコマンドを実行。

「ほら、食べてます食べてます。可愛いですね」

ケルベロスはそれぞれ3つの首の前に置かれたエサを食べている。このモーションも実際の犬を参考にしただけあって我ながら完成度は高いと思う。

「食後の後はお散歩しましょうか。付いてきて」

ケルベロスに追跡命令を出した。この命令を出すと、対象のオブジェクトに向かって歩き出すのだ。現在、対象はショコラになっている。だから、ショコラが動けばケルベロスも連動して動く。

広い屋敷の庭の中を狭い範囲で動くショコラとケルベロス。これは仕方ない。屋敷は広くても、俺の部屋はそんなに広くないし、ウェブカメラの範囲内に収まるように動かなければならない。この二重の制限がショコラとケルベロスの動きを制限させた。

順調にケルベロスの歩行モーションを見せられたところで、動画の締めの挨拶を撮ろうと思った瞬間。俺はタンスの角に足の小指をぶつけてしまった。

「んぎゃ！」

俺は変な声を出して床に転がりまわった。それに連動されて地面に転がるショコラ。そして、同様に転がるショコラを追いかけるケルベロス。そんなシュールな光景で散歩を終えた。

「皆様。うちのペットはいかがだったでしょうか？　可愛いでしょ？　もし、うちに忍び込もうとしたら、ケルベロスちゃんが指を嚙んじゃいますからね。泥棒はダメですよ。自分もケルベロスを飼ってみたいと思った方はチャンネル登録と高評価、ＳＮＳのフォローをよろしくお願いします。では、さよなら、さよなら」

これで撮影は終了した。この動画をいつも通り、編集してエンコードしてアップロードした。そして、投稿してから数時間後コメントを確認した。

[指食われて草]
[ショコラちゃんが転がってるシーンパンツ見えてね？]
[本当だ。滅茶苦茶エロい]

［パンツ見えるって嘘ついたやつ許さんぞ！　コマ送りにしてもパンツ見えなかったじゃねえか！］
［騙されているやつがいて草］
［ケルベロスよりもショコラちゃんを犬として飼いたいです］
［生配信で作っていた犬か。これも完成度高いね。流石ショコラちゃん］
［首3つあるから、食費は3倍かかりそう］
［ショコラちゃん家を焼かずにクッキー焼けたの？］
［名前をつけて貰えないケルベロス哀れなり］

やはり、指を食われたことは言及されていた。ってか、どうしてパンツの話になってるんだ。まあ、編集前はパンツ見えていたけれど、編集でその部分はカットしたんだけどね。流石に健全なサキュバスメイドの動画を上げている以上、パンツを映すわけにはいかない。

それにしてもケルベロスの名前か。考えてなかったな。俺はネーミングセンスに自信がある方じゃないから、誰かに相談してみるか。

第16話　名づけ

「ただいま」

高校の授業を終えて帰宅する俺。玄関には妹の靴があった。なんだもう帰って来てたのか。そういえば、今日は真珠《しんじゅ》の部活が休みだったな。

「あ、ハク兄。おかえり」

ソーダ味のアイスキャンディーを口に咥《くわ》えた状態で真珠がやってきた。真珠はとても髪が短くて、中性的な顔立ちをしている。そのせいか、男子とよく間違えられている。運動神経がいいタイプで、陸上部の期待のエースとして活躍している。その影響からか後輩の女子からは慕われている。勉強に関しては、文系はそこそこできるが、理系が壊滅的。絵も音楽も下手で芸術的センスはほとんどない。

「ハク兄もアイス食べる?」

「ああ」

真珠が冷凍庫をガサゴソと漁《あさ》り、中からミルク味のアイスキャンディーを取り出した。

「ほい。ミルク味しか残ってなかったよ」

「ありがとう」

真珠がソーダ味を食べすぎなんだよ。お陰で他の家族はミルク味を食べるハメになってしまう。ソーダ味のアイスなんてここ最近食べてないな。

「真珠。ちょっといいか？」

「なに？」

リビングにあるソファの上で寝ながら、スマホを弄《いじ》っている真珠。無防備な状態でスカートの中が見えそうになる。まあ、妹のスカートの中身なんて別に見たいものではないから見ないいけど。

「もし、犬を飼うことになったらなんて名前をつける？」

「え？　犬飼うの？」

先程まで、俺の話に興味なさそうにしていた真珠が急に眼の色を輝かせて、体勢を起こす。

「いや、仮定の話ね。別に実際に飼うわけじゃないから」

なんか変に期待させてしまって申し訳ない気分になる。俺はただ、ケルベロスの名前候補を集めたいだけなのだ。

「うーん……そうだな。ショコラって名前にしたら可愛くない？」

「却下」

「えーなんでよー」

　ショコラだと名前が被る。というか、ネーミングセンスが妹と被っているとかなんか嫌だ。

「じゃあ、ハク兄だったらどんな名前をつけるの？」

「俺かー。俺なら……ルビーとか？」

　パッと思いついた名前がそれだった。

「ルビーって。ぷぷぷ。お父さんとネーミングセンス変わらないじゃん」

「悪かったな」

　うちの父親は鉱物学の研究者だ。そのせいか子供の名前は全部、宝石由来のものになってる。まあ別に俺も琥珀《こはく》って名前は嫌じゃないけど、初見の人にどういう漢字か説明するのに面倒だというのがある。宝石の琥珀ですと言っても大抵の人は、琥珀と書けない。わざわざ王偏に虎だの白だの言う必要がある。その点、大亜《だいあ》兄さんはいいよな。大きいに亜細亜の亜で通じるんだ。

「ちなみにどういう犬なの？」

「毛色は黒で」

「ほうほう」

「立ち耳で」

「ふんふん。垂れ耳じゃないんだ」

「モッサモサで」

「モッサモサ⁉　もふもふじゃないの⁉」

「人の指を食いちぎるほど凶暴で」

「凶暴にもほどがあるでしょ！」

「首が3つあるのが特徴なんだ」

「ふざけてるの？」

そりゃ、そういう反応になるか。俺としては大真面目に特徴を説明したつもりなんだけどな。

「真珠。お前、俺より国語の成績良かったんだから、なにかいい名前思いつくだろ」

「国語の成績とネーミングセンスって関係ないと思うんだけど！」

「ほら、小説家とか文才ある人って名前つけるのも上手いじゃん。だから、国語の成績が高い方がいい名前をつけられる。これは間違いない」

俺の理論が正しいかは知らない。けれど、賀藤《がとう》家で一番国語の成績が良かったのは真珠だ。兄さんは理系だし、姉さんはアホだし、真珠に頼る他ない。

「うーん。ちなみに、犬はオス？　メス？　どっち？」

「あ。しまった。そっちは考えてなかった」

「考えてなかったってどういうこと⁉」

そういえば、ケルベロスって首が3つあるよな。じゃあ、下腹部についているアレも3つあるんだろうか。ちょっとその辺の事情が気になってきたぞ。

「んーと。じゃあ、生やしてなかったからメスで」

「生やしてない⁉　さっきからハク兄おかしいよ！　生やしてないって何！」

アレのモデリングをしてないってことだよ。

「でも女の子か。だったら可愛い名前をつけたいよね。じゃあ美春《みはる》でいいかな」

「美春？　名前の由来とかあるのか？」

「うん。ウチの学年で一番可愛い子の名前を取った」

「実在の知り合いから名前を無許可で取るのは流石にまずいだろ」

というか、俺からしてみたら美春さんは知り合いですらない。

「じゃあ、許可取ればいいんじゃない？　真鈴《まりん》とか」

「よく、犬に姉の名前をつけようと思ったな」

姉さんならノリノリで許可しそうだけど、そういう問題ではない。姉を犬扱いする趣味など俺にはない。

「やっぱり、お菓子の名前がいいよね。食べちゃいたいくらい可愛いって意味でも。それで、体毛が黒いんでしょ。黒いお菓子……やっぱりショコラでいいじゃん」

「だから、ショコラはダメなんだってば」

「あれもだめ。これもだめ。本当にハク兄はワガママだね。だから、彼女ができないんだよ」

「うわあ。彼氏持ちがマウント取ってきやがった」

真珠は、賀藤家の兄妹の中で唯一の恋人持ちである。末妹なのに。解せぬ。

「悔しかったら彼女の1人や2人でも作ってみな」

「お、俺が本気になれば彼女くらい3人や4人作れるし」

「それ包丁で刺されるやつね」

そんなくだらないことを話していたら、いつまで経っても名前が決まらない。話を本題に戻さないと。

「で、真珠はどうやって彼氏を作ったんだよ」

本題に戻す気などなかった。

「ああ、うん。言いにくいことなんですが、上3人を反面教師にしてたら、自然とできました」

「やかましいわ！」

残酷な真実。上がダメなら下は要領よく成長するとは言うけれど……恋愛面においては間違いなく、真珠の方が数枚上手だ。

「ちょっと待って……今、黒い食べ物でなにかいいのがないか調べているから」

結局食べ物の名前で固定なのか。

「うーん。のり、ブラックベリー、黒ゴマかぁ……ゴマとかでいいんじゃない？　ゴマちゃんってちゃんづけにすれば可愛くなるでしょ」

「なんかアザラシみたいな名前だな。それに大抵のものは、ちゃんづけすると可愛くなるぞ」

でもゴマか。英語で言ったらセサミ……ありかな？

「ゴマを英語にしてセサミって名前はどうかな」

「あー。いいかもね。セサミ。なんか健康に良さそうだし」

というわけで、ケルベロスの名前は黒いという理由でセサミに決定した。それにしても兄妹揃って、命名に食べ物の名前を用いるとかセンスが似すぎてて怖い。

「とにかく名前決まって助かった。ありがとう真珠」

「どういたしましてー。結局、なんで名前を欲しがっていたのか知らないけど」

◇

俺は早速、SNSでケルベロスの名前が決まった旨を伝えた。

ショコラ@バーチャルサキュバスメイド
ショコラの番犬ケルベロスちゃんの名前はセサミちゃんに決定しました
ちなみにセサミちゃんは女の子です

この投稿に5分足らずで3桁のいいねがついた。初期の金がないことを呟《つぶや》いて1いいねしかつかなかった時期と比べると、ショコラも人気になったものだ。

これでケルベロスの名前問題は解決した。だが、個人的にまだ解決していないことがあった。

それは、ケルベロスにアレを生やす時、3本必要なのかどうか問題だ。

リアルな造形のケルベロスを作るとしたらこれは避けては通れない問題だ。今回はメスだということで誤魔化したけれど、オスだったら生やさなきゃ不自然ではないのか？

だが、俺には獣の性事情についての理解が浅い。調べたところで答えが見つからないだろう。だけど、俺には人脈がある。獣系のエロを追求するサークル『プリンセスデモンズ』、彼らに訊いてみよう。

という訳で俺はメッセージを飛ばすことにした。

『突然すみません。ケルベロスって首が３つありますよね？　もし、ケルベロスがオスだった場合って、股間にあるモノも３本生えてるんですかね？　今後モデリングする際に重要な要素になりそうなんです。後学のために教えて頂けると幸いです』

数分後、メッセージが返ってきた。

『ファンタジー世界の生物なんで、抜けるかどうか重視して決めればいいと思います。３本生やしてとやかく言われるようだったら、「俺のケルベロスは３本生えてるんだよ」と返せばいいと思います』

確かに。実物を誰も見たことがない以上、それは創作者が自由に決めていいことだ。流石18歳以上の大人は言うことが違う。勉強になった。

なんだか一回り創作者として成長できた気がする。俺は参考になった旨《むね》を伝えて、お礼のメッセージを飛ばした。

第17話　ファンゲーム

俺がいつものようにSNSでエゴサーチをしていると、とある衝撃的な投稿を見つけてしまった。俺が望んでいた展開の1つ。それが実現しているのを目撃して、俺は一気に全身の血が噴き出しそうな感覚に陥った。

ブリリアント
Vtuberのショコラちゃんのゲームを制作しました
ショコラちゃんが料理をするだけのほのぼのとしたゲームです
よろしくお願いします

紹介スクリーンショットに使われているショコラ。これは間違いない。俺が販売しているショコラのモデルだ。なんと、ショコラのモデルをダウンロード購入してくれた神に等しい人が、ショコラのゲームを作ってくれたのだ。この人はもう神を超えている。創造神として崇《あが》めなければならない。

　あまりの嬉しさに俺は、この投稿に対していいねを101回押した。それくらいテンションが上がっていた。

　これでもう思い残すことはない。俺が作った3Dモデルを使ってゲームを作ってくれる人がいる。俺が目標としていたことの1つが達成したのだ。

　俺は早速ゲームのダウンロードをすることにした。圧縮されたZipファイルのソフトを使い、解凍する。そして、中身に入っているリドミを読む。そこに書いてある【実況・配信は自由に行っても構いません。報告も不要です】という文字。

　実況許可のゲームはありがたい。貧乏Vtuberのショコラは、ゲームを買うお金がないのでフリゲでお茶を濁すしかないのだ。

　というわけで、早速録画ソフトを起動させて、ゲームを撮影することにした。

「皆様おはようございます。バーチャルサキュバスメイドのショコラです。本日は嬉しいお知らせがあります。なんと、私のゲームが有志の手によって作られてました。こんなに嬉しいできごとはありません。だって、私の3Dモデルを買って頂いただけでなく、ゲームまで作って頂いたんですよ。しかも、フリーゲームです。フリーゲーム。制作に多大なお金と時間をかけているのに、無料で公開する。これがどれだけ偉大なことかわかりますか？」

その後も熱弁を続けた。多分、動画ではカットすると思う。前振りが長い動画は嫌われるからな。

「では、プレイしてみましょう」

ショコラズキッチンというタイトルロゴが表示される。ニューゲームを押すとゲームが始まった。

ゲーム画面に表示されるショコラ。画面に向かって笑顔で手を振っている。可愛い。モデルの制作者の自分が言うことじゃないのかもしれないけど、可愛い。

「皆様。見ましたか？　私です。私がゲームに映ってますよ！　あぁあぁぁぁ!!　もう声にならない叫び声が出そうです。わかります？　この感動わかります？」

画面下部にメッセージウィンドウが表示される。

『皆様。おはようございます。バーチャルサキュバスメイドのショコラです。本日は私が料理を作ります』

そのまま、視点が移動してショコラがキッチンに向かう。まないたの上に野菜が置かれている。ショコラが包丁を持つと、画面右上に【Xキーで野菜を切る】というアナウンスが表示された。なんという親切設計。

「Xキーで野菜が切れるみたいですね。では、押してみましょう」

俺は画面の指示に従って、Xキーを押した。

トントンという音と共にショコラが野菜を切る。凄い。モーションも不自然じゃない。

「この細かなモーション。本当に凄いですよ。もう、3Dのクリエイターならわかってくれると思うんですけどね。このこだわりで本当にフリーゲームなんですか？」

野菜を切り終わると、今度はショコラがコンロを操作して火をつけた。フライパンを熱し始める。画面右上に今度は、【Xキーで油を引く】と書かれている。俺は迷わずXキーを押した。

ショコラが油を手に取った次の瞬間。油が中身をぶちまけながら噴出した。そして、その油が火に引火して、火柱をあげて燃え上がった。

「え、ちょ、な、なんなんですかこれ！　私、ゲームでもこういう扱いなんですか！」

ファンからは炎上系Vｔｕｂｅｒ扱いされ、ゲームでも炎上をやらされる。最早完全に炎上芸人枠。

そして、屋敷が燃えているシーンをバックに、ゲーム内のショコラが「ご主人様に折《せっ》檻《かん》される」と嘆《なげ》いてゲームが終了した。ってか、ゲーム終了早い。フリーゲームらしからぬクオリティかと思ったけれど、内容量はやっぱりフリーゲームレベルだ！

「えーはい。本日は、ショコラのゲームをプレイしましたが……なんですかこれは！　いや、嬉しいんですよ。嬉しいんですけど、私の扱いひどくないですか！　もう！　でも、ゲームを制作してくれてありがとうございます」

　画面内のショコラがお辞儀をして感謝の気持ちを伝える。

「自分もショコラのゲームを作ってみたいと思った方向けに、概要欄にショコラの３Ｄモデルを購入できるサイトのＵＲＬを貼っておきます。是非購入を検討してくれると嬉しいです。チャンネル登録とＳＮＳのフォローもしてくれると喜びます。それでは、皆様。さよなら、さよなら」

　この動画も編集をして、アップロードをする。そして、動画に寄せられたコメントを確認する。

［知ってた］
［ノルマ達成］
［これが正しいショコラちゃんの扱い方］
［制作者は筋金入りのショコラブ］
［ショコラちゃんを折檻《せっかん》するゲームじゃないの？］

［ショコ虐はNG。ショコラちゃんを愛でるゲーム下さい］

コメントでもショコラは弄《いじ》られている。その内、本当に折檻されるゲームが作られそうで怖い。３Ｄモデルを売っている都合上仕方ないけど、規約で禁止されているエロ以外はどういう扱い受けても文句は言えないからな。お金貰ってるし。ショコラは４万円払えば、どんなことをされても受け入れてしまう女なんだ。

そして、数あるコメントの中で一際、異彩を放っているコメントがあった。俺はそれを見て、このゲームの実況動画を上げて良かったと思った。

［制作者です。まさか、ショコラちゃん本人にプレイしてもらえるとは思ってませんでした。ショコラちゃん弄ってごめんよー。次は、まともなゲーム作るから期待しててね］

まさかの制作者からのコメント。しかも、次回作の確約までしてくれている。なんだ、ただの神か。しかも次はまともなゲームを作ってくれるらしい。これは今から期待が膨らんでしまう。

◇

俺は最近ハマっているVｔｕｂｅｒがいる。サキュバスメイドのショコラちゃんだ。彼女のあまりの可愛さに、３Dモデルを即購入することを決意した。個人的には、ショコラちゃんの声は男だと思うけど、まあガワが可愛いから全然推せる。ショコラちゃんは、辛い社畜生活のオアシスとなっている。ショコラちゃんがいるから頑張れるんだ。

元々３Dプログラミングに明るかった俺は、ショコラちゃんを使ってゲームを作ろうと思い立った。

お手軽に作れるゲームを考えて、やっぱりショコラちゃんに料理をさせるゲームがいいなと思った。幸い、油を噴出させるようなプログラムは過去に物理演算として開発している。ゲーム制作を楽にしてくれた過去の自分にお礼を言いたい。

ショコラちゃん以外の素材はフリー素材を使っている。俺も多少３Dモデリングはできるけど、クオリティは低い。とてもショコラちゃんと一緒に映せない。

そうして制作したゲームが「ショコラズキッチン」。それを投稿したら、なんとショコラちゃん本人の目に留まったのだ。いいねがついた時は魂が震えそうだった。あのショコラちゃんに認知された。嬉しすぎてハゲそうになった。

しかも、それだけじゃなくて、ショコラちゃんが俺の作ったゲームを実況して、しかもお礼まで言ってくれた。もう嬉しすぎて、すぐに次回作を作ることを決意した。

次回作はどうしようかな。ショコラちゃんのネタを入れつつ、それなりに遊べるゲームにしたい。そんなことを思っていたら、俺のスマホが通知音を鳴らした。俺はスマホに目をやる。

真珠《しんじゅ》：大亜《だいあ》兄。ご飯できたよー
大亜：わかった。すぐ行く

ちなみに、俺がＶｔｕｂｅｒにハマっていることは家族には内緒だ。俺は、硬派な男として生きているからな。女性（？）Ｖｔｕｂｅｒを推しているってバレたら、今までのイメージが崩れ去ってしまう。

第18話　質問の回答

今、ＳＮＳで流行っているオンラインサービスがある。その名もクエスチョンボックス（通称：クエボ）。特定の個人に匿名《とくめい》で質問を入れる。そして、その個人がその質問に回答するという至極シンプルなサービスだ。

ネット上で活動する、動画投稿者、絵師、ウェブ作家など様々な人種がこれを利用して、ファンと交流を図っている。もちろんＶｔｕｂｅｒも例外ではない。

俺は、ショコラというキャラを売り出すためにこのクエボに手を出すことにした。ＳＮＳでショコラがクエボを始めた旨《むね》を告げる。

その後、俺は３Ｄモデリングの作業をした。作業に集中していたせいか、日付が変わりそうな時間まで気づかなかった。本当にモデリングは時間泥棒だな。

俺はクエボのことは、すっかり忘れていてそのままベッドインした。

翌日、クエボのことを思い出した俺は早速中身を確認してみた。そしたら、とんでもない件数の質問が寄せられていた。総勢２０１９件の質問。え？　ショコラのＳＮＳのフォロワー数は現在1.5万人ほどだ。約7人に1人がショコラに質問送って来てくれたの？

これだけ件数が多ければ被っている質問も中にはあるだろう。また、答えるまでもない質問や答えにくい質問など、そういったものを排除していくと1012件まで絞れた。これでもまだ4桁あるのか。そこから面白そうな質問をピックアップして、動画で質問に対する回答を行っていこう。というわけで、撮影開始だ。

「皆様。今宵《こよい》もいい月ですね。おはようございます。バーチャルサキュバスメイドのショコラです。本日はクエスチョンボックス。通称クエボに寄せられていた質問に答えたいと思います。ありがたいことに、私の予想を遥かに上回る質問を頂きました。そのため、全ての質問にお答えすることができないことをご了承ください。では、早速質問を読み上げていきますね」

編集した動画では画面下にショコラを配置して、上に質問のスクショを載せる。そういう想定で俺は動画を撮っている。

［ショコラちゃんのパンツは何色ですか?］

「はい。この手の質問は多かったですね。サキュバスだからって、このような質問をしてはいけませんよ。でも、特別に良いことを教えて差し上げます。正解を知る方法が1つありますよ。それは、概要欄《がいようらん》にあるURLから3Dモデルの販売サイトに飛んで、4万円（税抜き）で、私のモデルを買えば確かめることができます。では、次いきます」

［ショコラちゃんは何歳ですか？］

「各人のご想像にお任せします」

というより年齢設定を考えていないのが本当のところだ。人外のキャラの年齢は自由に設定できるので夢がある。そのため、自分の好みの年齢で楽しんで欲しいと俺は思っている。

［ショコラちゃんは女の子ですよね？　ね？　未だに男説を推してる輩《やから》がいるけれど、女の子ですよね？］

「サキュバスに性別はありません」

［ぶっちゃけ、ショコラちゃんが男の子の方が捗《はかど》る］

「だからサキュバスに性別はありませんって。というか質問ですらないじゃないですか」

本当の性別を明かしたらファンは減りそうな気がするけれど、別の業界の人が押し寄せてきて結局ファンの数が変わらない現象が起きそうで嫌だ。俺としては、ショコラブのみんなの夢を壊したくないから、魂の性別に関しては言及して欲しくない。

[お風呂に入ったら、どこから体を洗いますか?]

「尻尾です」

[えっちなことはNGなのに、どうしてサキュバスをやっているんですか?]

「それはサキュバスのお母さんのもとに生まれてきたからですね」

俺だって自分でVtuber活動するってわかっていたらサキュバスのモデルにはしていないよ。

[今後コラボしたいVtuberはいますか?]

「前に私の素敵なファンアートをいただいたカミィ様とは1度コラボ動画を出したいですね」

[ショコラちゃんにもっと投げ銭したいので、ライブ配信を多めにお願いします]

「お気持ちは大変嬉しいです。ですが、今は1人で作業に集中したい時もあるので、配信の時間を多めに取るのは中々難しいですね」

Vtuber一本で食っていくという意思があるんだったら、積極的にライブ配信で人を呼び込むべきなのだろうけど。

[ご主人様の折檻《せっかん》ってどういうことをされるんですか?]

「おやつにタバスコをかけられます」

[ショコラちゃんの尻尾ってなんのためについているんですか?]

「バランスをとるためです」

［ショコラちゃんって羽が生えているけど飛べるんですか？　飛んでいるところを見たことありません］

「一応空を飛ぶことはできます。ですが、飛んだら下からパンツが見えるので飛びません」

これで大体の質問には答えた。他にもまだまだ質問は残っていたけれど、全部答えていたらキリがない。動画時間も丁度いい感じだし、この辺で打ち切ろう。

「はい。質問の回答は以上です。皆様。多数の質問をありがとうございました。他にも、気になることがあれば、クエボに入れてくれれば動画に取り上げるかもしれません。ただし、あまりプライベートなことは訊かないでくださいね」

ショコラのキャラ設定として済まされることだったら、いくらでも訊いてくれてもいい。だけど、もし魂の個人情報に言及されたら困る。一応、周囲の人間には俺が、Vtuberになっていることは内緒だ。バレたらバレたでなんか恥ずかしい。

とはいえ、賀藤琥珀《がとうこはく》が関わる人全てにこのことを隠すわけにはいかないからな。俺も将来は、ＣＧデザイナーとして企業を相手に仕事をしなければならない時が来る。面接時に提出するポートフォリオにショコラを載せれば、俺がＶｔｕｂｅｒショコラであることは企業の人にバレるだろう。まあ、人事がショコラを知っている前提だけど。

いずれにしても、ショコラの正体が俺であることを明かす可能性があるのは企業の人事担当。つまり仕事上での相手だけだ。プライベートな相手にバレるということは、できるだけ避けたい。

まあ、今からそんな未来の話をしたところで、しょうがないか。ショコラ以上の大作を制作できれば、ショコラを成果物としてカウントしなくても済むかもしれないし。

「チャンネル登録とＳＮＳのフォローをお願いしますね。それでは、さよなら、さよなら」

ここで撮影は終了する。俺は、いつも通りに動画を編集して、アップロードをした。

その後、時間をおいてからいつものようにコメントを確認する。

[ショコラちゃん男説信者ほんまいい加減にせえよ]

[別にどっちでもいけるんだが?]

[次回作はショコラちゃんのお菓子にタバスコをかけるゲームなん?]

[お風呂でショコラちゃんの尻尾を洗うゲームだろ]

［サキュバスの尻尾ってえっちなことをするためについているんでしょ?］
［パンツが見えてもいいから飛んで?］
［ショコラちゃんとカミィちゃんのコラボ動画は確かに見たいね。2人ともSNSの絡みはあるけどコラボはまだだし］

毎度のことながら、コメントをくれる人は本当にありがたい。コメントがあるのとないのとでは、本当にモチベが違うのだ。

Ｖｔｕｂｅｒショコラが始動する前。３Ｄモデル制作で、感想や批評とかをくれる人は殆どいなかった。３Ｄモデルの感想を言ってくれたのは、ネット上での知り合いの師匠だけだ。それも、知り合いだから弟子だから、感想をくれただけに過ぎない。それを思うと、今のこの不特定多数の人がコメントをくれる環境が天国のように思える。

たとえ変態チックでも反応があるだけで嬉しい。変態もたまには役に立つものだ。

俺はＶｔｕｂｅｒとしては冬の時代を経験せずに、駆けあがっていけた。でも、クリエイターとしては、十分すぎるほど不遇な期間を味わった。だから、今のこの報われている状況に感謝して、応援してくれるファンのみんな。ショコラブを大切にしていきたいと思った。

まあ、素材のＤＬ数的にはまだまだ冬は脱していないのだけれど。

第19話　姉メイド

今日は金曜日の夜だ。学校という魔窟《まくつ》から解放されて自由になれる瞬間。この瞬間が楽しみで学校に通っているといっても過言ではない。全ての時間を自由に使える土日。のはずだったけれど、最近は土曜は姉さんに予定を入れられている。

でも、最近ではこの歌唱力レッスンはそんなに嫌なものではない。歌ってみた動画で評価を受けるようになってからは、自分の歌唱力がどんどん上がっていくのが楽しいのだ。歌手を目指すつもりはないけれど、歌は上手くなって損はない。俺ももう高校生だ。友人にカラオケに誘われることは、それなりにあった。お金がないからと断り続けたせいで、最近では誘われてないけど。

俺が自室でゴロゴロとしていると、俺のスマホが鳴った。十中八九姉さんだろう。俺はスマホを手に取った。そこに表示される賀藤《がとう》真鈴《まりん》という名前。やっぱり姉さんだ。俺は電話をとった。

「もしもし」

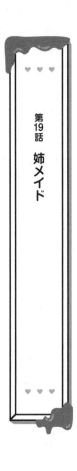

「あ、琥珀《こはく》？　あんたお金持ってない？」

「小遣いがない高校生にタカるな」

姉さんはフリーターだし、バンドの費用とかでお金がないとか常々愚痴を言っている。まさか、高校生の弟にタカるようになるとは。人間、ここまで堕ちるもんなんだな。

「ねえ聞いて。私、今度、ライブするの。その時に着る衣装を買うお金がないのー。琥珀ぅー助けてー」

「兄さんに頼めばいいだろ」

「お兄ちゃんにはもう30万円も借金してるのー。お兄ちゃんに電話したら、着信拒否されてたのよ、もう！　可愛い妹を着拒するとか兄のすることじゃないよ！」

まさか身内にこんなどうしようもない人間がいるとは思わなかった。俺も収益が軌道に乗ったら姉さんを着拒しようかな。

「琥珀。お姉ちゃんを助けると思ってさー。ほら、あんたお年玉をまだ貰える年齢でしょ？　お年玉貯金まだ残ってるでしょ？　少しくらい分けてよ」

「姉さんはお年玉をあげなきゃいけない年齢だけどな」

去年の正月、兄さんは親戚の子供にお年玉をあげてたけど、姉さんは渡してなかったな。そのせいか親戚の子供にそっぽ向かれてたな。

「大体にして、どうして衣装がないんだよ。いつも着ている衣装があるだろ？」

「今回は趣向を変えて衣装を変えることにしたって。新曲のイメージに寄せてメイド服を着ることにしたの」

「え？　メイド服？」

「そう。新曲のタイトルはズバリ【血塗られたお茶会】！　特殊メイクで顔を血まみれにしてね。こう、血塗られたメイドっていうの？　そういう感じの雰囲気にしたいの」

「メイド服ならある」

「え？」

「持ってるよ俺」

ショコラの衣装を作る際に参考資料として、メイド服を購入したのだ。ネット上でのイメージ画像はあったけれど、やはり、実物を見て触って質感を確かめたかったから、通販でメイド服を購入したのだ。

「なんで彼女なしのあんたがメイド服持ってるの……あっ、ご、ごめん。弟の趣味にとやかく言うつもりはないよ。大丈夫。私、理解ある方だと思うから。世間が冷たい目で見ても私は温かい目で見てあげるから」

「勝手に変な想像しないでくれ！　俺に女装癖なんかないわ！」

俺はスマホ片手にクローゼットを開けて、中のメイド服を確認した。まだ1度も袖を通していない実質的な新品だ。保管状態も良好。

それにしても、ディスカウントストアに行けば2000〜4000円で売っているようなものですら買えないとか。姉さんどうやって生活してるんだよ。まあ、俺のはちょっとお高いやつ買ったから1万ちょっとしたけれど。いつか、彼女ができた時に着せたいと思ってたから奮発したんだ。

「そのメイド服大丈夫？　なんかセクシーなビデオにありがちな、いかにも安そうな生地使ってるようなやつじゃない？」

貧乏な癖に質が高いものを買おうとしていたのか。まあ、人前に立つ以上はそれなりのクオリティのものを買いたいのは心情か。その辺は理解してあげよう。

「そんなに心配なら、明日持っていくから自分の目で確かめてくれ」

ということで、明日のレッスンにはメイド服を持っていくことにした。

◇

「きゃー！　可愛いー！　なにこのメイド服。ねえ、これ本当に私が貰っていいの？」

俺が持ってきたメイド服を見て、姉さんが目をキラキラと輝かせている。高級感あるデザインのものを買ったからな。その分、お金がなくなったけれど。

「誰があげるって言った。貸すだけだよ」

「えー。いいじゃん。琥珀が持っていても宝の持ち腐れだよ。これは私が有効活用してあげるから」

「ははは。冗談抜かせ。そのメイド服は彼女ができた時に着せるために大切に保管してるんだ」

「琥珀……安心して。あんたに彼女はできない」

「やっぱり、メイド服返せ」

ここ数年で一番の苛立《いらだ》ちを覚える。人に施しを受けて貰っておいてなんなんだこの女は。

「やーん。ごめんってば。でも、このメイド服生地もしっかりしているし、本当にいいね。琥珀、あんた女物の服を選ぶセンスあるよ！」

俺は男だから、そう評されても別に嬉しくともなんともない。でもまあ、女性キャラをデザインする時には必要な才能だから、あった方がいいものではあるか。

「ねえ。ちょっとこの服着てもいい？」

「ああ」

「ありがとー」

姉さんは鼻歌混じりで脱衣場の方に向かっていった。数分後、やけに上機嫌な姉さんがやってきた。

「じゃーん。見てみて。可愛いでしょ？」

メイド服が余程気に入ったのか、姉さんはくるくると回っている。

「ああ。可愛いな……」

「でしょ～」

「衣装が」

「琥珀。あんたの彼女できないところそういうとこやぞ！　上げてから落とさないでよ」

「ごめん姉さん」

姉さんの殺気が漏れ出してる視線を受けて、俺も流石に今のは酷《ひど》かったと猛省した。

でも、しょうがないと思う。俺は確かにメイド服が好きだ。でも、メイド服を着ている姉となると……なんか残念な気持ちになる。

「なんか。この服着ているとメイドパワーというのが出てきて、掃除を頑張れそうな気がしてきたよ。これから掃除をする時はこの衣装を着ようかな」

「いや、掃除する時はメイド服脱ぎなよ。せっかくの衣装が埃塗《ほこりまみ》れになるだろ」

一応、このメイド服は俺の私物であることは忘れないで欲しい。

「ああ、もうダメだ。掃除頑張れない」

多分、姉さんは最初から掃除を頑張る気はない。

「そうだ。ちょっとこの衣装を着てベース弾いてみよっと」

姉さんは楽器ケースからベースを取り出して、ベースを弾き始めた。ガールズバンドを長年やっているだけあって上手い。楽器に関しては素人の俺でも心に響く音だ。

「うん。いい感じ。別に動きにくいってことはないし。これなら本番でも上手く弾けそう」

一通り弾いて満足した姉さんはベースを楽器ケースにしまった。そして、パンと手を叩く。

「さて、それじゃあ、今日の本題のレッスンいくよー。まずは、いつもの発声練習からー！」

こうして、俺と姉さんの個人レッスンがまた始まった。普段とやっていることは同じだけれど、今日は姉さんがメイド服を着ているという状況で新鮮に感じた。

「琥珀。今のところ半音高いよ。気持ち下げて」

ただ、口調や仕草は姉さんのままで、メイド感は全くない。

「はい、今日のレッスン終わり。そうだ、琥珀。どうせ今日もご飯を食べていくんでしょ？」

「ああ」

というか、ほぼそれ目当てで毎週ここに来ている。それだけ姉さんの料理は美味いのだ。

「今日はサンドイッチを作ってみたんだ。サービスで紅茶もつけるよ。今から取ってくるから座って待ってて」

俺は大人しく着席して待っていた。しばらくすると、サンドイッチと紅茶を姉さんが持ってきた。俺の目の間に置かれる料理。なんか本当にメイドに給仕されている気分になった。

「お待たせしました。ご主人様」

「ご主人様……？」

「ん？　旦那様の方が良かった？　それともお坊ちゃま？」

「あ、いや。姉さんって敬語喋れるほど教養あったんだなって」

「ひどい！　私をなんだと思ってるの！」

流石にそこまでアホじゃなかったか。

「ねえ、琥珀。私が食べさせてあげようか？」

姉さんが皿の上に盛られていたサンドイッチを手に取り、俺の口元に持ってきた。

「ね、姉さん？」

「ほら、衣装を貸してくれたお礼だよ」

半目になる姉さん。どことなく妖艶《ようえん》な雰囲気と声色を醸《かも》し出《だ》している。

「あ、自分で食べるんでいいです」

「あ、はい。余計なこと言ってすみませんでした」

姉さんのサンドイッチは美味しかった。本日のレッスンは以上。

第20話　姉が作った曲を歌ってみた

俺の姉、賀藤真鈴《がとうまりん》が所属してるインディーズのガールズバンド【エレキオーシャン】。

彼女たちはネット上でも活動をしている。動画サイトにバンドの公式チャンネルを登録していて、そこに自分たちが作った楽曲を載せている。姉さんが言うには、MV再生で入ってくる広告料はバンドの活動資金に充てているとのこと。とは言っても、広告料は1ヶ月あたり1万いかないと嘆《なげ》いている。

再生するだけで姉さんの活動が楽になるのなら、応援してあげるか。というボランティア精神でMVを再生してみた。そこまで規模が大きくないバンドだから、MVの出来は期待していなかった。しかし、いざ再生してみるととてもMVの枠で収まるほどのものとは思えなかった。

演奏とボーカルの歌声、歌詞。それらが映像やストーリーとリンクしていて、まるで1つの物語、映画を観ているような気分になる。

それに背景に映るCGアニメーション。それも、明らかに大量の資金が投入されているであろう出来だ。俺はＣＧに関する知識があるので、この制作者は相当な手練《てだ》れであることを瞬時に理解できた。

　俺はすぐに姉さんに電話した。このＭＶを作った人物がどんな人物が気になった。数コールの後、姉さんが電話に出た。

「琥珀《こはく》？　どうしたの？」

「姉さん……ＭＶ観たよ」

「ＭＶ？　ああ、凄いっしょ」

「凄いなんてもんじゃない。よく、あんなＭＶを作れるほどのお金があったな」

　俺は素直な気持ちを口にした。というか、ＭＶにあれだけのお金をかけるとかお金の使い方が間違っているような気がしないでもない。アレは、もう少し資金力に余裕があるところがやるものだ。

「お金はほとんどかかってないよ。だって、あのＭＶ作ったのウチのメンバーだし」

「は？」

　まさかの自作ＭＶだった。まさか、ガールズバンドのメンバーにこれほどの技術力を持っていた人がいたとは完全に予想外だった。

「もしかして、その人の本職って映像関係だったりする？」

「ん？　確かそうだったたね。３年くらい映像関係の会社に勤めていたけど、最近独立してフリーランスになったとか。前の会社では残業続きでバンド活動の時間が取れなくて愚痴《ぐち》ってたからね」

　独立してフリーランスで仕事している。そんな凄い人物がまさか姉さんの知り合いにいたとは。既にCGで稼げるほどの技術力と営業力を身につけている。正に俺が目指しているところだ。

「凄いな。姉さんの知り合いは」

「まあね」

　別に姉さんを凄いと褒めているわけではないのに、なんで姉さんが気を良くしているんだろう。電話越しでもドヤ顔が透けて見える。

「ちなみに、そのMV作った子はリゼって名前で活動しているから、後でバンドメンバー紹介動画見てみるといいよ」

「ああ。ありがとう。見てみるよ。じゃあ、そろそろ切るわ」

「うん。MV褒めてくれてありがとうね。リゼに伝えておくよ。きっと喜ぶと思うよ。ばいばーい」

　姉さんとの通話を終えた俺は、早速、バンドメンバー紹介ページを見てみた。動画を再生すると、収録スタジオらしき場所に4人の女性が映っていた。

「みなさん！　初めまして。私たちは4人組のガールズバンド【エレキオーシャン】です。よろしくお願いします」

姉さんがでかい声で挨拶を始めた。まあ、姉さんは元気と料理だけが取り柄みたいなところはあるから。

「私はマリリン。ベース担当です。現在彼氏ぼしゅ」

俺は動画のシークバーを動かして姉さんの自己紹介を飛ばした。姉さんの自己紹介は別に興味ない。

カメラの視点が、髪をピンク色に染めた背が低い女性を映す。体格は小さいが、顔つきは大人の女性で幼い印象はあまり受けない。胸もそれなりにあるし。終始、笑顔で和やかな雰囲気のメンバーとは違って、女性は少し硬い表情をしている。

「私はリゼだ。ギター担当。苦手なものは甘いもの。嫌いな虫はクモだ。生理的に受けつけない男性のタイプは、店員に偉そうな態度を取る奴」

「ちょ、リゼ。なんで嫌なものばっかり紹介してんの。もっと、ポジティブな紹介してよ」

確かに。苦虫を噛み潰したような表情をしているし、自己紹介動画としてはいい印象を持たれないかもしれない。

「ああ。そうだな。前職はＣＧや映像関係の会社に勤めていた。そのせいか、映像制作は得意だ。だから、その時の経験を活かしてＭＶとか作っていきたいと思う。このチャンネルに投稿するＭＶは私制作のものばかりになると思う。だから、ＭＶが気に入ってくれた人は感想をくれたり、高評価ボタンを押してくれると私はとても嬉しい」

ＭＶの話をしだしてから、顔が笑顔になった。一見、クールに見えるけど表情に出やすいタイプなのか？

「あ、後、バンドのホームページのガイドラインにも書いてるけど。歌ってみた動画とかを投稿するのは許可しているけれど、ＭＶの映像を使うことは許可していない。その辺のガイドラインは守ってくれるとありがたい」

リゼが切実なお願いをしている。そりゃそうか。あれだけ、魂を籠めて作ったＭＶを無断転載なんてされた日には泣いても泣ききれないだろう。

「一応、歌ってみた用のカラオケ音源は私が作って公開しているから、自由にダウンロードして楽しんでね」

姉さんが作曲担当だったのか。それにしても、姉さんのバンドの楽曲は歌ってみたを許諾しているんだな。

丁度いいや。次の歌ってみた動画の題材探しに困っていたところだ。姉さんのバンドの曲を歌ってみよう。

魔界の屋敷に仕えるメイドがお茶会を開くというもの。アップテンポで過激な曲調で、メイドの立場で魔界の将来を憂《うれ》うという楽曲。設定上では、サキュバスメイドのショコラに歌わせてみたい楽曲だ。

俺は音源をダウンロードして、この曲を歌うことにした。後はいつもの通り、防音設備が整っている姉さんの部屋を借りて録音しよう。姉さんがバイトに行っている間に、録音は済ませる。もちろん、姉さんには部屋の使用許可は取ってあるからそこは大丈夫だ。

録音を終えた後は、Ｍｉｘ師に依頼をしてＭｉｘ編集をしてもらい、投稿できる状態にした。後は、いつも通り、音声にショコラのリップシンクをするだけだな。

しかし、あの凄いＭＶを見た後でショコラの動画を見るとクオリティの差に絶望してしまう。俺はモデリングの技術はあっても、演出面ではまだまだ未熟だ。どうすれば、人の心を震わせる演出ができるのかまだ試行錯誤している段階だ。

俺の母さんは、演出家で多数の映画やドラマや舞台を手掛けてきた実力者だ。俺も母さんの血が流れているのなら、この才能はあってもいいかもしれない。けれど、現実は厳しい。親の才能を全部引き継ぐなんて早々ないのだ。

でも、俺は俺にできることをやった。俺はまだまだクリエイターとして未熟だけれど、応援してくれる人がいる。その人のためにも最大限の努力はすべきなんだ。

動画を投稿してみんなの反応を確認した。この曲は瞬く間に5万再生を突破した。凄い勢いだ。ショコラのチャンネル登録者数は現在3.2万人だ。チャンネル登録者数以上の再生がなされている。

[この曲知らないけれどかっこいい曲だね]

[ショコラちゃんのイケボになら抱かれてもいい]

[かっこいい女声は貴重だよね]

[原曲のCDも買おうかな]

[まさか密かに推しているバンドの曲を推しのショコラちゃんが歌ってくれるとは思わなかった。ありがとうございます！　ちなみにマリリン推しです]

[バンドのチャンネル見て来たけど、MVのクオリティ凄かった。ショコラちゃんもエレキオーシャンもどっちも伸びて欲しい]

相変わらず、好意的なコメントが多くて嬉しい。本当にみんないい人たちばかりだ。原曲のCDを買ってくれるなら、それはありがたいことだ。これで、姉さんの懐も少しは温かくなるだろう。

それにしても、ショコラと姉さんを推している人がコメント欄に現れるとは……この2人が実は姉弟だって知ったら、どんな反応をするのだろうか。

第21話 ショコラの経済効果

「大変大変たいへーん！」

ドタバタと廊下を走り回る音が聞こえる。なんだこの騒がしさは……まるで姉さんが帰ってきたみたいだな！

ドンドンドンと俺の部屋の扉をノックする音が聞こえた。

「琥珀《こはく》！ 琥珀！ あんたいるんでしょ！ 早く開けなさいよ」

この声は……本当に姉さんだ。俺はパソコンでの作業を一旦中止して、自室の扉を開けた。

「姉さん。どうしたんだ？」

「どうしたもこうしたもないよ。私たちが売っている新曲のＣＤが売り切れ続出してるの」

「はぁ⁉」

姉さんのバンドはマイナーなインディーズバンドだ。それほど、ＣＤの出荷枚数も多くはないはずだが、それでも発売してから間もないのに売り切れ続出しているのは普通に凄いと思う。

「凄くない？　こんなこと初めてだよ。いつも在庫を余らせて、どう処理しようか悩んでいたのに。今回はＣＤが売り切れるわ、チャンネルの登録者数が爆発的に増えるわ、動画のコメント欄に新曲のＭＶはよって声が出るし、もうわけわかんないよ」

へー。売れてないガールズバンドの姉さんもついに陽の目を見る時がきたんだ。それは良かったなー。

「しかもしかも、今度やるライブのチケットも全部捌けたんだよ？　どうしよう。私たちがこのまま人気バンドになったら。もう印税でがっぽがっぽだよ」

「印税入ったら兄さんに借金返してやりなよ」

「もう、借金くらい返す返す。なんだったら色つけて返してあげるよ。１０００円くらい」

30万借りておいて１０００円しか利息つけないとか、流石姉さんとしか言いようがない。

「でも、どうしてこんなに急に伸びたんだろう。やっぱり、私の可愛さが世間に注目されたから売れたのかな？」

「そうなんじゃない？」

俺は姉さんの妄言に適当に返した。

「ああ、この喜びを早くお兄ちゃんや真珠《しんじゅ》にも伝えたい。どうする琥珀？　あんた、大人気ガールズバンドのメンバーの弟になるんだよ。えへへ。学校で自慢していいよ」

「大丈夫。自慢しないから。友達には兄と妹しかいないって言ってあるから。俺には姉はいないことになってる」

「私の存在が抹消《まっしょう》されてる⁉」

だって、姉さんアホなんだから。身内の恥をわざわざ紹介するわけないだろう。

「うふふーん。今日はお祝いしようかな。ねえ、琥珀。あんた食べたいものない？」

「クマの肉が食べたい」

「よーし。それじゃあ今から私が北海道に行ってクマを仕留めてきて……ってこら！ちゃんとスーパーで売ってる食材をいいなさい！」

「じゃあ、ハンバーグが食べたいな」

「わかった。じゃあ、今夜はハンバーグね。じゃあ買い出しに行ってくる」

そう言うと姉さんは扉をバタンと閉めて、ドタバタと外に飛び出していった。そういえば、今日の料理当番は俺だったな。姉さんが代わりにやってくれるなら、楽できて良かった。

でも、どうして姉さんのバンドの人気が急上昇したんだろう。心当たりがないな。特別変わったことと言えば、ショコラが歌ってみた動画を出したくらいか？

俺は何気なしにショコラの動画の再生数をチェックしてみた。すると、ショコラの歌ってみたの動画再生数が60万回再生されていた。チャンネル登録者数も爆発的に増えて、5万人を突破している。嘘だろ。直近で確認した時は登録者数3万人ちょっとだったのに、4万人をすっ飛ばして5万人⁉

一体なにが起きてるんだ。他の動画も【血塗られたお茶会】ほどではないにしても波及的に伸びている。

なぜだ。有名曲ではないのに、どうしてこんなに伸びているんだ。さっぱりわからない。

状況を整理するために色々と情報を集めてみた。するとついにわかった。この動画が急上昇ランキングに載っていることが判明したのだ。

急上昇とは、要は伸びている動画、人気が出ている動画、視聴回数が多い動画を動画投稿サイト側が割り出すものである。独自のアルゴリズムで判定されているので、投稿者側にも視聴者側にもどうすれば、急上昇の上位に載るのか。その確実な方法や詳細というのはまだ解明されていない。

要は狙って獲《と》れるものではない。質と人気の高い動画を出し続けていれば、いずれは、と考えていたが……まさか、こんなに早く取れるとは思いもしなかった。

やばい。言いたい。俺が投稿している動画が急上昇に載ったって言いたい。姉さんみたいに他人に言いふらしたい。

けれど、俺がVtuberをやっていることは秘密なのだ。だから、リアルの知り合いには言うことができない。仕方ない。SNSで呟《つぶや》いて、承認欲求を満たすか。

ショコラ@バーチャルサキュバスメイド

先日投稿した動画が急上昇ランキングに載りました

皆様のお陰です、本当にありがとうございました

すぐにショコラを祝福するコメントが多数寄せられた。

［急上昇おめでとう］

［流石ショコラちゃん］

［ショコラちゃんならいつかは取れると思ってた］

その中にひときわ目立つコメントがあった。

[ショコラちゃんのお陰でエレキオーシャンのファンになりました]

[血塗られたお茶会のCD買いました]

[良いバンドを発掘する機会をくれてありがとう]

え？　まさか……姉さんのバンドが伸びている原因って……ショコラだったのかよ！

なんだろう。これって、物凄く気持ちがいいぞ。自分の行動がきっかけで、何かのコンテンツをバズらせる。一種の先駆者になったような気分。ブームの火つけ役になるのがこんなに快感になるとは思わなかった。

いや、流石に先駆者は言いすぎだな。ショコラが歌ってみた動画を上げる前からエレキオーシャンのファンだった人はいる。彼らが姉さんたちを支えてくれたからこそ、今があるんだ。彼らにも敬意を払わなければならない。

[エレキオーシャンの古参ファンです。歌ってみた動画を投稿してくれてありがとうございます]

ダメだ。こんなコメントを貰ったら調子に乗ってしまいそうになる。自分を律するんだ。これ以上、称賛コメントを受けると天狗になりそうなので、控えておこう。

その時、メッセージアプリの通知が鳴った。誰かが俺にメッセージを送ってきたんだ。送《おく》り主《ぬし》はＲｉｚｅ……師匠か。

Ｒｉｚｅ：Ａｍｂｅｒ君。急上昇おめでとう
Ａｍｂｅｒ：ありがとうございます。師匠

師匠もあの動画を見てくれたんだ。なんだかんだで、動画を投稿する度に視聴してくれる師匠はいい人だな。師匠だって忙しそうなのに。

Ｒｉｚｅ：ショコラならいつか急上昇に載ると思ってた
Ａｍｂｅｒ：本当ですか？
Ｒｉｚｅ：私の弟子が作ったモデルなんだから当たり前だな
Ａｍｂｅｒ：そう言われると照れますね
Ｒｉｚｅ：それから、ショコラが歌っていた曲。あれ、選曲がいいね。流石、私の弟子だ。素晴らしいセンスの持ち主だ。もし、ショコラが歌った曲が凡庸な曲だったのな

ら、あそこまでの伸びはみせなかっただろう。Ａｍｂｅｒ君はバンドの発掘能力もある天才だな。正に原石を掘り当てる天才。これからもそのセンスを磨いてほしいなんだこの長文は。師匠がこんな長文を送ってくるなんて珍しいな。しかも、人を素直に褒めない師匠なのに、今回に限ってはベタ褒めだ。なにか良いことでもあったのだろうか。

Ｒｉｚｅ：Ａｍｂｅｒ君はモデリング技術も高いし、歌唱力もあるし、人を引きつけるカリスマ性みたいなものもある。そして、素晴らしいコンテンツを作り出せる力もある。完璧超人だな。本当に将来が楽しみだ。キミならどの道に進んでも絶対に成功するだろう。こう、成功者のオーラが出ているというか。なにかエンタメの才能を持っているというか。１０００年に１度の逸材だな

ここまで褒められると逆に気持ち悪い。師匠はなにか悪いものでも食べたのではないかと疑い始めた。

Ａｍｂｅｒ：師匠？　今日はどうしたんですか？　いつもの師匠じゃないような気が

Ｒｉｚｅ：あはは。すまない。弟子の成長が嬉しくてな。Ａｍｂｅｒ君。ショコラというコンテンツを大切に扱いなさい。彼女は近い将来物凄い経済効果を生み出す存在になる。私はそう確信している。

Ａｍｂｅｒ：そうですかね……？

経済効果と言われても高校生の俺にはまだピンと来ていない。確かに姉さんのバンドは売れたみたいだけど、それも一時的なものだと思うし。たまたま運が良かっただけだと思う。

第22話　兄妹4人の夕食

「ふんふんふーん」

姉さんが鼻歌を歌いながら、料理を作っている。俺はリビングで適当にテレビを見ながら、料理ができあがるのを待っていた。

「ただいまー」

妹の真珠《しんじゅ》が帰宅した。真珠は部活帰りということもあり、学校指定のジャージ姿だ。

「あれ？　お姉ちゃん帰ってたんだ」

真珠が姉さんの存在に気づいた。

「えへへー。帰ってきちゃいました。真珠ー手を洗ってきなさい」

「お姉ちゃんなんか上機嫌だね」

「わかるー？　ねえ、なんで私はこんなに上機嫌だと思う？」

姉さんが気色悪い笑みを浮かべている。姉さんのその質問は、「私いくつに見えますか？」並に面倒な難問だろう。

「えー。なにかなー。あ、わかった。お姉ちゃんにもついに彼氏ができたんだ」

「は？」

真珠の何気ない一言が姉さんを傷つけた。さっきまで上機嫌だった姉さんから威圧的な「は？」が飛び出して来た。

「ねえねえ。相手はどんな人？」

「真珠。黙りなさい」

「えー。なんでよー。教えてくれてもいいじゃない。別に彼氏の存在を隠すことないじゃない。恋人なんてみんなできて当たり前なんだから」

やめろ。真珠。超強力な広範囲攻撃をするんじゃない！　その攻撃は賀藤《がとう》家のレギュレーションでは禁止指定を受けているんだ。

「真珠。今日のアンタの夕食抜きね」

「な、なんで⁉」

「真珠。今回ばかりはお前が悪い」

「ハク兄まで酷《ひど》いよ！」

「諦めなさい。真珠。上の兄弟とは理不尽なものなの。私もお兄ちゃんから理不尽に着拒されてるから」

着拒の件に関しては、30万の借金を返さない姉さんが10：0で悪い。

「ただいまー」

今度は兄さんが帰ってきた。スーツ姿の兄さんは、ネクタイを緩めながらリビングへと入ってきた。

「おー真鈴《まりん》か。どうした？　金なら貸さないぞ」

久しぶりに会った妹に対して開口一番に出て来ることがお金の話って……我が身内ながらなんとも悲しい関係性だ。

「ふふん。お兄ちゃん。私がいつまでも借金生活をしていると思ったら大間違いなのさ！」

姉さんは胸を張ってそう言った。姉さんもバンドが流行ったことがきっかけで改心して欲しいな。

「そうか。それじゃあ今すぐ30万円返してもらおうか」

「それは無理なの。ごめんねお兄ちゃん」

姉さんは甘えたような声色で「お兄ちゃん」と言った。本当に媚《こ》びる時の声が上手いってレベルじゃないな。女性に免疫がない妹モノ好きのオタクが聞いたら一発で落ちそうだ。

「じゃあ借金生活継続中じゃないか。金を返さないなら帰れ」

しかし、兄さんは冷静で冷たかった。兄さんもこの媚び媚びの声を何度も聞いているからそろそろ嫌気がさしているんだろうな。と同情せざるを得ない。

「えーなんでよー。こんなに可愛い妹に嫌われてもいいのー？　妹の愛はお金じゃ買えないんだよ。それをお金貸すだけで手に入るなら安いものじゃない」

「兄の信頼も30万じゃ買えないけどな」

「大丈夫だって。来月ちゃんと返せるアテがあるから」

返すアテってあのＣＤの印税のことか。でも、ＣＤの発行部数自体少ないし、印税もバンドメンバー４人で割るとなると、そこまで姉さんの手元には入ってこなさそうだ。その辺は黙っておこう。

「返せるアテってなんだよ。ちゃんとした正規の仕事の金なのか？　もし、危ない仕事や変な仕事だったら、ちゃんと断れよ。俺は、真鈴が危ない目にあってまでお金を返して欲しくはないからな」

「大丈夫。ちゃんとしたお金だから。実はね。私のバンドが売り出している新曲のＣＤの売上が凄いことになってるの！　色んなＣＤショップで売り切れ続出。次のライブのチケットも全部捌けたし、次に入ってくるお金は、きっととんでもないことになってると思う」

ついに姉さんがネタばらしをしてしまった。それを聞いて、兄さんと真珠はポカーンとしている。

「す、凄いお姉ちゃん！　ついに人気バンドになったんだね！」

真珠が拍手をして喜んでいる。姉の成功が嬉しいのだろう。

「凄いじゃないか真鈴！　え、ってことは、その内テレビとかにも出るようになるのか？」

「そうなるかもね。ふふふ。そうしたら、お兄ちゃん。自慢の妹だってみんなに自慢していいよ」

「いや、それはしない」

「なんで⁉」

まさかの兄さんにキッパリと否定されて、驚く姉さん。

「いや、俺職場の人には兄弟構成は高校生の弟と中学生の妹が1人ずつしかいないって言ってるし。今更成人した妹が出て来るとかおかしいだろ」

「デジャヴ⁉　え？　なんで？　どうして？」

「いやー。売れないガールズバンドやってる妹がいるって言ったら、俺の経歴に傷がつくかなって思ってさ」

「ひどい」

全く。兄さんも外道だな。妹の存在を抹消《まっしょう》するだなんて。売れないガールズバンドをやっている妹がいたっていいじゃないか。しかも、本人に面と向かって売れないと言うとか、いくら姉さんでも傷つくだろ。

「そんなひどいことを言うお兄ちゃんには夕食抜きだー。琥珀《こはく》ー。お姉ちゃんと一緒にハンバーグ食べようねー」

「なぬ。ハンバーグだと！　ご、ごめん。俺が悪かった」

流石の兄さんも、姉さんの料理の腕には勝てなかった。男を支配するには胃袋を摑めとはよく言ったものだ。料理をチラつかせれば、姉さんの地位は賀藤家では最強となる。

「返済待ってくれたら許す」

「わかったよ。ＣＤの売上が入ってくるまで待つから」

「よろしい。それじゃあ、夕食抜きは真珠だけね」

「えぇ⁉　あれ、冗談じゃなかったの⁉」

◇

なんやかんやあったけれど、無事に４人分のハンバーグとスープとサラダが食卓に並んだ。良かったな真珠。飢《う》えずに済んだぞ。

ハンバーグには付け合わせの人参とジャガイモとほうれん草が添えられていて、見栄えがとてもいい。あまりにも綺麗だったので、真珠がスマホで写真を撮っている。

「へへへ。この写真友達に送ろう。自慢のお姉ちゃんが作ってくれたハンバーグだって」

「真珠……あなた、なんていい子なの。えへへ。後でデザートにケーキを大きめに切り分けてあげるね」

さっきまで妹の夕食を取り上げようとしていた人間とは思えない発言だ。真珠の発言は……単なるご機嫌取りだろうな。

「「「いただきます」」」

ハンバーグを口に運ぶ。とても美味い。肉特有の臭みをナツメグで抑制していて、ほのかに漂うタマネギの甘み。それが手作りのソースとマッチしている。正に職人芸の域だ。

「美味いな。真鈴。また料理の腕を上げたな」

「へへん。自炊もしているし、バイト先でも調理担当しているからね」

兄さんに褒められて完全に気を良くしている姉さん。

「ところで、真鈴。新曲のタイトルってなんだ？　今度ＣＤショップ行った時に探してみたいんだ」

「ああ。新曲のタイトルね。【血塗られたお茶会】だよ」

「ぶふぉ……」

兄さんが唐突に吹き出した。一体なにがあったのだろうか。

「ど、どうしたの？　お兄ちゃん」

「え、あ、あの曲って、お前のバンドの曲だったのか⁉」

「え？　お兄ちゃん知ってるの？」

姉さんが小首を傾《かし》げる。すると兄さんは急に慌てたような、しどろもどろな動作をし始める。

「あ、いや。うん。その、ま、街中で偶然流れてた的な？」

「街中……？　音楽の使用許可出してたっけ？　まあいいか」

なんだこの兄さんのリアクションは。ってか、曲が流れているだけなら、そのタイトルまではわからないと思うけど。兄さん。なんか怪しいな。まさか隠し事でもしているのか？　兄さんがここまで必死になって隠していること。俺たちに知られては、まずいこと。まさか……！


〝彼女〟か……⁉

音楽好きの彼女ができたのか？　そして、その彼女の影響で兄さんもそういった方面に知識を持つようになったのか？　恋人の影響で新しい趣味を持ち始めたなんてよく聞く話だからな。

そうか。兄さんは俺と姉さんに気を使ってくれているんだ。恋人いない同盟を組んでいるから、自分に彼女ができたらショックを受けると思っているんだ。なんだ、兄さん。そんな気を使わなくてもいいのに。俺は兄さんに彼女ができたら、祝福するつもりでいるぞ。

今まで浮いた話のなかった兄に女の影のようなものが見えてきて、少しほっとした一夜だった。

第23話　5万人突破記念生配信

チャンネル登録者数5万人を突破したということで、記念生配信をすることにした。

SNSにその旨《むね》の投稿をすると、その投稿は瞬《また》く間に拡散された。初期の投稿の反応のなさに比べたら、物凄い拡散力を手に入れてしまったようだ。

そして、生配信の時間になった。その時のチャンネル登録者数は、6.8万人。5万人どころか6万人超えてるじゃねえか！

え？　どういうこと？　俺、今から5万人超えたことを記念した生配信をするんだよね？　なのに、なんでもう6万人になってるの？　これって、6万人突破記念生配信に変えた方がいいの？

そんなわけのわからない考えが頭の中でぐるぐるとする。本当にVtuber活動をしてからは驚きの連続だ。今から始めてももう遅い。とか散々言われている業界だが、後発組の個人勢でまさかここまで打ちあがるとは思いもしなかった。

様々な幸運に助けられる形になったが、それでもここまで来れたのは嬉しい。後、欲を言えば、ＤＬ数はもっと伸びて欲しい。チャンネル登録者数の１００分の１でもいいから買ってくれれば、利益は相当なものになるだろう。３年間くらい働かなくても、遊んで暮らせそうな金額にはなると思う。

そんな妄想をしながら、俺は生配信を開始した。

「あ、あー……聞こえますか？　ん？　聞こえます。それでは、開始しますね。こほん」

俺は深呼吸をして心を落ち着かせた。俺は生配信はあまりやらないタイプだから、どうしても緊張する。少しずつ場慣れしていきたいなとは思っているけれど、やはり、俺の主戦場はＣＧ制作なのだ。Ｖｔｕｂｅｒ活動がメインになってしまっては本末転倒である。

「皆様おはようございます。本日は曇《くも》りですね。月が見えなくて悲しいです。ヴァーチャルサキュバスメイドのショコラです。よろしくお願いします」

ショコラの登場と共にコメントが沸き立つ。この人たちは配信開始前からショコラを心待ちにしていた人たちだ。ショコラブのみんなに温かく迎え入れられて、俺の気分は高揚してきた。不思議と緊張も和らいでいき、頭がスーッとしてきた。

そして、沸き立つコメントと共にどさくさに紛《まぎ》れて投げ銭が飛んできた。

「わあ、投げ銭ありがとうございます。励《はげ》みになります。えーっと……本日はお集まりいただき誠にありがとうございます。皆様のお陰でチャンネル登録者数が５万人を超えました！」

俺はパソコンを操作して、ＳＥを鳴らした。ドンドンパフパフという音が鳴り響く。

「ここまでこれたのもショコラブの皆様のお陰です。皆様の１人１人の応援の力があったからここまでショコラは成長することができました。本当にありがとうございました」

ショコラを祝福するかのように、またもや投げ銭が乱舞する。この金額を見ていると段々と金銭感覚が麻痺《まひ》していくようだ。配信開始からたった数分で、ショコラの３Ｄモデルを買える値段が飛び交っているのだ。

投げ銭をくれるのは非常にありがたいことだ。俺の今後の活動費に充てることができるし。しかしだ……そのお金があったら、３Ｄモデルを買って欲しい。それが本音だ。ショコラに投げ銭したところで、お金を投げてくれた人に何かを返すことはできない。だけど、３Ｄモデルを買ってくれた人には、ショコラを自由に扱える権利をあげられるのだ。お返しになんでも言うことを聞いてくれるサキュバスメイドを渡せるのに。

「本日は５万人突破の感謝の記念配信だったんですけど、チャンネル登録者数はもう６万人を超えてますね。本当にありがとうございます」

[6万人おめでとう　￥6,000]

「うわーありがとうございます」

[7万人いってない?]

そのコメントを見た時、俺は衝撃を受けた。冷や汗がだらりと流れる感覚。緊張で妙に喉が渇《かわ》く。チャンネル登録者数を見てみた。すると、確かに7万人と表示されていた。

「え、ええ！　この配信中に7万人にいったんですか。うわー。本当に嬉しいですありがとうございます。あ、すみません。ちょっと水飲みますね」

俺は心を落ち着かせるために一旦マイクを切ってから、ペットボトルの水を飲んだ。そして「ふー」と一息ついた後にマイクを再度入れる。

「確かに何度見ても7万人ですね。本当にありがとうございます」

[7万人おめでとう　￥7,000]

「ぶふぉ……」

俺は思わず吹き出してしまった。先程６万人記念に６０００円を投げ銭してくれた人が、今度は７０００円をくれたのだ。合計1.3万円。とんでもない金額だ。
「えぇ⁉　ちょっと、大丈夫ですか？　そんなに投げ銭して」

［ショコラちゃんの血肉になるんだったら、惜しくないです］

惜しいとか惜しくないとかそういう問題なのか？　何の見返りもなく、人にこれだけの施しを与えるなんて。この人は神様か。

［血塗られたお茶会を歌ってみたから来ました。ショコラちゃんはどこでこの曲を知ったんですか？］

うげ、なんていう質問をしやがる。確かにマイナーなインディーズバンドの曲をピンポイントで歌ってみるなんてそうそうないよな。まさか、自分の姉がそこのベース担当ですとは言えない。どう誤魔化したらいいんだ。
「私、元々そのバンドのファンだったんですよ。ＭＶも凄く気に入っているんです。調べたら、このＭＶを作っていたのはバンドのメンバーだっていうじゃないですか。音楽もＣＧも両方できるだなんて凄いな～と思って。それからエレキオーシャンのファンになりました！」

嘘の中に真実を混ぜる。それが、嘘を本当に見せるポイントだ。実際、エレキオーシャンのＭＶはかなりクオリティが高いし、俺は憧れを持っている。その辺のバンドが外注で作ったＭＶなんかとは比べ物にならないほどだ。それはやはり愛の差だろう。外注はあくまでも仕事でやっているのに対して、ＭＶを作っているリゼさんは自分のバンドだからこそ愛を持って映像を作っている。それが映像を見るだけで伝わってくるのだ。

できることなら、リゼさんに師事してみたいけれど……バンドもやって、ＭＶも作って、本業もある状態じゃ忙しいだろうな。姉さんのコネがあるとはいえ、そこは流石に控えておこう。

「じゃあ、ショコラちゃんの推しメンはリゼなの？」

「はい。リゼ様を最推しにしてます」

というか、知っているメンバーが姉さんとリゼさんしかいない。他のメンバーもチラッと見ただけだし。

【朗報】血塗られたお茶会がカラオケで配信されるようになった」

「え？　それ本当ですか？」

［ホームページ見てきたらお知らせで載ってた」

カラオケで姉さんのバンドの曲を歌えるようになるのか。まあ、カラオケに行く予定はないけど。行っても多分歌わないけど。

◇

そんなこんなの雑談をして、生配信は終了した。投げ銭の金額は￥230，800。初回生配信の3倍ほどだ。とんでもない金額を稼ぐようになってしまった。

そして、俺の脳裏にある不安がよぎってしまった。それは……メインのCGデザイナーよりも、Ｖｔｕｂｅｒ活動の方で稼いでいるんじゃないかということ。

今月もＤＬ数は順調に伸びている……と思う。だけど、それ以上にＶｔｕｂｅｒ活動が伸びすぎている。

やばい。なんだか今月の利益を計上するのが怖くなってきた。先月はなんとかＣＧデザイナーとしての面目を保てたわけだ。だが、今月は保てるかはわからない。

追われる恐怖というのはこういうことか。俺は、自身の手で生み出した娘に抜かされてしまうのか。

そんな不安を抱えながら、俺は就寝した。

第24話　収益の使い道

俺は自身のスマホで銀行の通帳アプリを立ち上げた。わざわざ紙の通帳に記帳しなくても、残高やら取引履歴を確認できる。そんな便利な世の中に感謝しつつ、振り込まれた金額を確認する。

きちんと先月分の収益が入っている。そうだ。俺はついに手にしたのだ。万単位という金を。これはバイトをしている高校生並の財力があるということだ。

さて、このお金の使い道だけどどうしようか。今後もＶｔｕｂｅｒ活動をしていくなら、もっといい機材が欲しい。ウェブカメラではショコラのモーションを見せるのには限界があるし、マイクも音質が良いとはとてもじゃないけど言えない。企業勢の配信を見に行ったけれど、音質が全然違う。Ｖｔｕｂｅｒ活動を始める前までは、特に気にしたことはなかったけど、やはり音質は気になる人には気になることだろう。

今はまだ始めたばかりの個人勢として大目に見られていることではあるが、今後も拙い動画を出していれば収益が上がっているはずなのに、環境を整えない怠惰なＶｔｕｂ erとして扱われてしまうかもしれない。

それに画像編集ソフトや動画編集ソフトも有料で多機能なものを使いたいな。現在の環境では、モンスタースペックのマシンと3DCG制作ソフトにお金はかけているけれど、他はフリーソフトを使っている。

優先すべきは動画編集ソフトだろうか。俺はまだ体感したことがないからわからないが、やはり無料と有料のもので処理速度に圧倒的な差があるという。

正直言って、動画編集やエンコードで時間を取られるのは本末転倒である。その間、俺はなにもできなくなるのだ。いい動画編集ソフトを買えば時間の短縮にもなるし、今後俺が3Dでアニメーションを作りたくなった時の手助けにもなる。

俺は今までモデリングばかり注視してきたけれど、3Dアニメーターもある程度できるようになった方がいいと思い始めてきた。やはり、でき来ることの手札が多いことに越したことはないのだ。俺もいつか、リゼさんのような素敵な3D動画を作ってみたい。そう思うようになった。

うーん。欲しいものはいっぱいある。けれど、それを買うお金は有限だ。俺が欲しいもの全部が今後の活動に必要なものである。

VRヘッドセットが欲しい。モーションキャプチャが欲しい。本当に本格的なVtuber活動はお金がかかるんだなと改めて思った。

兄さんからウェブカメラとマイクを貰った俺は幸運だったな。それで、最低限の始められる土壌はできたわけだし。当時の俺ではウェブカメラとマイクすら買うことができなかっただろう。

少し前までは環境を良くするためにお金を使うなんて考えることすらできなかったのに、贅沢《ぜいたく》な悩みを持つようになったものだ。

俺は、欲しいもののリストと値段をまとめて、今の自分に何が必要なのかをもう1度思案してみることにした。

うーん……しかし、これらの機材を買えばできることの幅は広がるし、動画の質も向上する。そうすると必然的に得られる利益も大きくなると予測される。お金を得るためにお金を使う。それが資本主義の世の中というものか。富があるものが環境を整えて、より多くの利益を得る。うーん。世の中は不平等だ。

まあいいや。事業計画について考えるのはこれくらいにして、もう寝よう。明日になればいい考えが浮かんでくるかもしれない。俺は電気を消してベッドに潜り込んだ。

◇

翌日、俺はいつものように学校に行った。いつもの教室。だけど、今日は不思議と違った景色に見える。なぜなら、今の俺はお金を持っているからだ。多分、この学校でも有数な金持ちになっていると思う。だって、この高校はバイト禁止だから。万単位なんて金を持っている生徒なんてほとんどいないだろう。お小遣いで万単位のお金を得られるとかどれだけ金持ちなんだよって話だ。

やはり、お金があると精神的に余裕が出てくる。周りの景色がキラキラと輝いて見える。

「よお。琥珀《こはく》おはよう！」

俺より身長がほんの少しでかい男子生徒が話しかけてきた。中学時代からの俺の友人である三橋《みつはし》は、サッカー部に所属している。ベンチの守護神とも呼ばれた永遠の秘密兵器だ。

「おっす。三橋」

「なあ。琥珀。今日の放課後遊びにいかね？　女子とカラオケ行くことになってさ。男子が俺1人なのは寂しいからお前も誘おうって思ってさ」

今日は部活が休みの日だ。だから、サッカー部の三橋も暇をしているのだろう。それにしても女子とナチュラルにカラオケ行く約束するとか。中々に侮れない。

「いや、俺は……」

お金がない。いつもそう断っていた。けれど、今の俺にはお金がある。遊ぶだけの余裕があるんだ。

「なんだ。琥珀また金がないのか？　お前、小遣いなに使ってんだよ」

くそう。小遣い貰える家庭はいいよな！　でも、俺はバイト禁止小遣いなしという苦境の中、大金を手にした。並の高校生では到底手に入れられないお金を！

「いや、今日は大丈夫だ。行こう」

「お、そうこなくちゃ。なんだぁーいつも付き合い悪いのに、女子が一緒なら来るんだな。このこの」

三橋が俺の脇腹を肘でつついてきた。なんか変な誤解をされているようだけど、まあいいか。友人と一緒にお金を使った遊びができる。こんな日が来るとは思わなかった。

「で、女子って誰が来るんだ？」

「お、やっぱり気になっちゃう？」

三橋がニヤついた視線を俺に送ってきた。こいつ、俺のことを女好きのスケベだと思ってるな。

「テニス部の浅木《あさぎ》とウチのクラスの政井《まさい》だ」

「うげ」

「うげってなんだよ」

同じクラスの政井夏帆《なつほ》。俺は彼女が大の苦手だ。なんか近寄りがたいオーラを放っているし、目が合うと睨んでくる。長身で手足が長くスタイル抜群。クールビューティな外見で一部の男子からは人気があるけれど。あれは人を数人殺してそうなヤバいやつだと思う。名前に夏って入っているのにもかかわらず12月生まれなのも意味がわからない。本人が自己紹介でネタにしてたけど、思いっきり滑ってたし。

浅木さんに関してはよく知らない。下の名前も知らないし、廊下で騒いでいて先生に怒られているイメージしかない。なんかうるさいギャルってイメージだ。

なんかもう女子のメンツ的に断りたくなってきた。政井さんと一緒の空間で過ごすとかなんの拷問だよ。でも、男が一度行くって言ってしまった以上断り辛い。

そんなことを考えていると、三橋が俺の耳に顔を近づけてきた。そしてヒソヒソ話を始める。

「いやー。実はさ。俺、浅木のこと狙ってるんだよ」

「へー」

「んでさ。浅木と政井って仲がいいらしくてさ。政井と一緒だったら、カラオケ行くって言いだしたんだよ」

「それ、政井さんが了承してるの？」

はっきり言って、政井さんはカラオケとかそういうことを好まないタイプだと思う。なにをするにしてもつまらなそうにしているし、無気力だし。エネルギーを使うことが苦手なタイプだと思う。

「ああ。政井も浅木と一緒だったら、カラオケ行ってもいいって言ってるんだよ」

「へー。そうなんだ」

「んでさ。どうせだったら男女2組でカラオケ行ったらどうだ？　って話が出て、お前も誘ったわけ。ほら、俺、お前とカラオケ行ったことなかったからさ。たまには一緒に行きたいなと思うわけ」

まあ、丁度お金が入ってきたタイミングで都合よくそう思ってくれたな。そのせいで俺は苦手意識がある政井さんと一緒にカラオケ行くハメになったけれど。

「んじゃ。今日の放課後、カラオケ行くぞ。忘れんなよ」

三橋は俺の胸板に軽く拳を当てて、自分の席に戻っていった。

うーん女子とカラオケか。人生で初めてだけど上手くいくかな。あ、姉さんと行ったことはあったたか。アレは女子としてカウントしないから、実質初めてだな。

◇

放課後になった。普段なら真っすぐ家に帰るところだが、今日は三橋との約束がある。帰るわけにはいかない。

三橋と政井さんがなにか喋っている。三橋が必死に会話を盛り上げようとしているけれど、政井さんの方は終始無表情だった。会話の正確な内容までは聞き取れなかったけど、今日のことを話しているようだ。

2人の会話が終わった後に、三橋と政井さんがこちらにやってきた。

「おっす。琥珀行くぞー」

「今日はよろしく。賀藤《がとう》君」

三橋は俺に温かい表情を向けてくれるが、政井さんは液体窒素《えきたいちっそ》のように冷たい表情で俺を見ている。怖い。政井さんが笑った表情を見たことない。

「じゃあ、行くぞ」

「うん」

俺は鞄を手に取り、席を立った。教室から出て、浅木さんのいる教室へと向かった。

教室で一際目立つ存在。校則違反ギリギリの暗めの茶髪でまつ毛を盛っている女子生徒。制服も着崩していて見るからにギャルっぽい風貌《ふうぼう》の彼女こそが浅木さんだ。

浅木さんは自分の教室で、騒がしく友人と思われる人物と話していた。そして、三橋の方に気づくと友人に謝る仕草を見せてから、こっちにやってきた。

「ちぃーす。こうやん。そっちはやっと授業が終わったん？」

こうやん……？　ああ、三橋光弥《こうや》だから。こうやんか。変なあだなをつけられたな。

三橋。

「ああ。ウチの担任は話が長くて敵わないよな。なあ、琥珀」

「あ。うん」

急に話を振られて思わず戸惑ってしまった。今の流れで俺に流れ弾が飛んでくるものなのか？

「えっと初めまして……だよね？　浅木優姫《ゆうき》だよ。ゆうたそって呼んでくれてもいいよ」

え？　シンプルに嫌だ。

「初めまして。浅木さん。俺は賀藤琥珀。まあ、適当に呼んでくれてもいいよ」

「賀藤……？　どっかで聞いたことがある名字だねー。これからよろしくね。琥珀」

うわあ。初対面の異性なのに、いきなり下の名前で呼び捨てしてきた。これが、ギャルという生き物なのか？　まるで俺とは生態が違う生き物だ。

「んじゃ。自己紹介も済んだことだし、さっさと行こー。ゆーきは早く歌を歌いたいのだ」

しかも一人称が自分の名前なタイプの女子。現実に存在したんだ。まるで珍獣にでも会ったかのような気分だ。ほぼ初めて絡《から》む相手に失礼かもしれないけれど、姉さんよりアホそう。

◇

カラオケ店につくと、三橋と浅木さんが慣れた様子で受付してくれた。俺なんて今年まだ2回目なのに。

「ねえねえ。ゆーきが最初に歌ってもいい？」

「うん。いいよ。優姫ちゃん」

部屋へ入るとほぼ同時に浅木さんが曲を入れた。となると、必然的に曲の回りは浅木さんから時計回りになって、次は政井さん。三橋。俺の順番になるわけか。

なんだかんだ同級生とカラオケに来るのは初めてだったので最後なのはありがたい。無難なところを攻めればいいのか、あえてみんなが知らないようなマニアックな歌を歌ってみるのがいいのか。

浅木さんが選んだ曲が流れ始める。タイトルは……聞いたことないな。うん、メロディ聞いてもやっぱり知らない曲だ。ギャルの間で流行ってる曲なのだろうか。

え？　普通に歌上手くない？　普段の会話の声はどことなくアホっぽいのに、歌声になるとめちゃくちゃ大人っぽく聞こえる。標準的な女子高生の歌唱力ってこれくらいあるものなの？

それに歌に感情がこもっている。失恋ソングで、歌詞の情景が頭にスッと浮かんでくるような感じがする。こういう風に魂を込めて歌う方法もあるのか。歌は技術だけじゃないことを思い知らされた気がする。

歌い終わった後に浅木さんは、俺と三橋に向かってドヤ顔を見せつけてきた。歌は上手かったけれど、その態度は腹が立つ。感心と苛立ちの感情が混ざり合う不思議な感情だ。

「優姫ちゃん歌上手いよ。思わず聞き惚れちゃった」

「ありがとー。こうやん」

「優姫は失恋したばかりだから、感情がこもりすぎてた」

「ちょっと！　夏帆！　余計なこと言わないでよ」

浅木さんが失恋したという情報を知って、三橋はなんとも言えない表情になっていた。失恋したってことは、今はフリーかもしれないけれど、過去には好きな人がいたということだ。でも、三橋。逆にチャンスだぞ。失恋で傷心中の女の子に優しくしたらコロッといけるかもしれない。俺、そういう経験ないから知らんけど。

次は、政井さんの番だ。政井さんが選曲したのは……【血塗られたお茶会】。その曲名を見た時、俺は思わず吹き出しそうになってしまった。

え？　いや。どういうこと？　確かに、この曲はカラオケで配信決定したって情報を前見たけれど。こんなに早く登録されるものなの？　え……政井さんこの曲知っているってことは。エレキオーシャンのファンとか？

「なんだこの曲。知らないな。ちょっと調べてみよう」

三橋が、スマホを使って曲名を調べ始めた。おいおい。そんなことしているヒマがあったら、政井さんの歌を聴いてあげなよ。

聴き覚えのあるイントロから、政井さんの歌が乗る。その声は……なんとも言えない。リズム感がないわけじゃない。声質もそこまで悪くない。だけど、音が絶望的なまでに拾えていない。

言わば音痴《おんち》だ。だけど、政井さんの方をチラリと見てみると物凄くいい表情をしている。笑顔というわけではないけれど、気持ちよさそうに歌っているのが伝わってくる。普段は無表情な分、思いっきり歌っている様子を見ると……なんか、応援したくなる。

この曲はこうやって歌うんだよって教えてあげたい。けれど、それは余計なお世話になってしまうと思う。

俺はCDを買っているから、エレキオーシャンのボーカルの声を知っている。彼女の歌と比較してしまうと、複雑な気持ちになってしまう。

「ふう」

曲が終わる頃、政井さんはマイクを置いて、やりきったという感じの表情を見せた。

多分、政井さんは歌を唄うのが好きなんだろう。だから、このカラオケにも付いてきたんだと思う。だけど、好きなのと上手いのとでは違う。そういった辛い現実というのはあるのだ。

しかし、その様が今の俺と重なってみえる。CG制作が好きなのに、それが中々評価されない俺。境遇的には似ているかもしれないと思うと不思議と政井さんに親近感が湧いてきた。

「えっと……エレキオーシャン。ボーカルのMIYA。ドラムのフミカ。ベースのマリリン。ギターのリゼからなる4人組のガールズバンドである。バンドメンバーの本名は非公開である。なるほど」

俺の隣で三橋が調べた情報を読み上げている。

「エレキオーシャンの名前の由来。このバンドを立ち上げたマリリン（マリリンの下の名前は真鈴《まりん》。名字は非公開）が親から宝石由来の名前をつけられたことに由来する。トル〝マリン〟の別名である電気石とアクア〝マリン〟がラテン語で【海水】を意味する語から取っているから、2つを組み合わせてこの名前にした。ちなみにマリリンの兄弟も宝石の名前をつけられている。だってさ」

へー。そんな由来があったんだ。

「そういえばさ、琥珀も宝石の名前だよな」

「はぁ⁉」

三橋が余計なことを言い出した。やばい。俺は姉さんの存在を秘匿《ひとく》にしているのに、こんな形でバレるのか？

「もしかして、マリリンと琥珀って姉弟だったりする？」

「あ、いやいや。ないない。そんなことないって」

俺は必死に否定した。今まで姉をいないものとして扱っていたのに、ちょっとバンドの人気が出たからといって存在を公《おおやけ》にするのはいくらなんでもダサすぎる。俺に姉がいる事実は墓場まで持っていかなければ。

「本当かぁ？　だって、お前の兄貴も妹も宝石由来の名前だって言ってたじゃないか」

三橋が俺に疑いの目を向ける。しまった。余計なことを言ってしまっていたのか。その時、三橋が入れた曲が流れ始めた。

「ほ、ほら。三橋。曲が始まったぞ。歌えよ」

「あ、そうだな」

ふう……なんとか窮地《きゆうち》は抜けたか。後で上手い言い訳を考えておかないとな。

三橋が選んだのは結構ハードな洋楽。歌詞の意味もわからないし、それっぽい感じで歌っているがこれであっているんだろうか。

曲が終わると、なぜか政井さんが涙ぐんでいた。え？　なにがあった？

「すごい……いい歌詞だね。よくこんないい曲を見つけたね。凄いよ三橋君」

「え、今のわかるんだ……すごい」

無表情の殺戮《さつりく》マシーンかと思ってたけど、ちゃんと人の心は持っていたんだ。

やはり、人を見かけで判断してはいけないな。見た目が可愛らしいサキュバスメイドでも中身が男だってことはあるんだし。

今回、政井さんと一緒にカラオケに行けて良かったと思ってる。もし、今日カラオケに来なかったら一生偏見の目で見ていたと思う。

「お、おう。いい歌詞だろ。俺もこの歌詞に共感したんだ」

三橋。お前絶対歌詞の意味わかってねえだろ。

意味がわかってないのに英単語がプリントされたTシャツ着るくらい危険な行為だぞ。もし、歌詞が卑猥な意味だったらどうするつもりだ。

「え？　女子目線で友達だと思っていた男子を好きになるって歌詞なんだけど？」

「ぶふっ！」

「な、何笑ってんだよ！　それより今度お前の曲だぞ！」

そして、俺が選曲したものが流れ始める。俺は最近流行っている男性アーティストの新曲でお茶を濁した。無難な選曲。なんの面白みもない。良く言えばド定番。

大体こんな感じでローテーションして、カラオケは終了した。浅木さんは失恋ソングばっかり歌うし、政井さんは聞いたこともない曲ばかり歌うし、三橋は歌詞の意味がわかってないのに適当に洋楽を歌う。結果、みんな自由に歌っていた。

会計を済ませた俺たちはカラオケ店を後にした。このまま特にすることもないので解散することになった。三橋と浅木さん、俺と政井さんがそれぞれ帰る方向が一緒だ。

三橋と浅木さんに別れを告げた俺は、政井さんと一緒に帰り道を歩いている。政井さんは恐らく自分から話しかけるタイプではないのだろう。だから、俺が会話を切り出してリードしてあげよう。そう思っていると――

「ねえ。賀藤君？」

なんと政井さんの方から話しかけてきたのだ。勝手にコミュニケーション能力が乏しいと思い込んでいたのがなんか申し訳ない。

「賀藤君ってさ。本当はお姉ちゃんいるんでしょ？」

「え？　いないよ」

俺は即答した。やっぱり政井さんはエレキオーシャンのファンなんだ。俺をマリリンの弟だと疑っている。そりゃそうか。状況証拠的には、俺とマリリンには兄弟の名前が宝石の名前がついているという共通点があるんだ。

「だって、マリリンと賀藤君の歌声がそっくりなんだもの」

「え？　似てないと思うけど？」

歌う時にあんなデスボイスをかます姉さんと一緒にされたくない。姉さんは歌の技術は高いものを持っているけれど、こうセンスというものがズレている。曲調によってはデスボイスがマッチしているのもあるけれど、姉さんは全ての曲をデスボイスで歌うセンスの持《も》ち主《ぬし》だ。最早、アホという他ない。

しかし俺の発言を聞いて政井さんはニヤリと笑った。初めて政井さんの笑顔を見た気がした。

「あはは。やっぱり。ねえ。どうして賀藤君がマリリンの歌声を知っているの？　マリリンはボーカルじゃないのに」

しまった。ハメられた。姉さんはベース担当で基本的に歌声を披露していない。

「えっと……その……」

「もしかして、初期の頃に発売されたCDで聞いたの？　あの時はマリリンがボーカルだったからね」

「そう。そのCDを聞いた！」

「残念。そんなCDは存在しない」

チクショウ！　なんだこの性格の悪い女！　逃げ道を用意してくれたと思ったら、それが罠だったなんて。とんでもない策士だ。

「ねえ。どうして、賀藤君はあんな素敵なお姉さんがいるのに隠してるの？」

もう俺がマリリンの弟だってことは確定事項にされたようだ。俺もこれ以上の言い訳が思い浮かばない。こうなってしまっては素直に認めるしかない。

「大丈夫。誰にも言わないから。教えて？」

政井さんは俺に微笑みかけた。だが、その微笑みが邪悪なものとして映る。俺にとって、この女は悪魔的頭脳を持った策士だ。笑顔がちょっと可愛いからと言って油断してはいけない。

「だって、うちの姉さん。とんでもなくアホなんだ」

俺がその言葉を発した瞬間、政井さんは俺の両頬をつねって、うにうにと動かした。

「ふぁ、ふぁめふぇえ」

俺は政井さんにやめるように懇願した。しかし、政井さんは小悪魔的な笑みを浮かべる。この表情は明らかにやめるつもりはない。

「私の推しの悪口を言う口はこの口か。このこの」

俺の姉さんが推しなのか。まさか、同級生に姉さんのファンがいるとは思わなかった。

「ハッ！」

政井さんはなにかに気づいたようで、俺から手を離した。そして、俺に向かって土下座をした。

「ひ、ひい。すみません。私ったら、マリリンの弟になんて無礼なことを」

俺は政井さんにとって、推しの悪口を言った存在でもあり、推しの弟という立ち位置だ。許せない相手でもあるし、神聖視している相手でもある。そのことで脳内が若干バグっているのか。

「そんな土下座とかしなくていいから……別に俺は怒ってないし」

「や、優しい……流石マリリンの弟」

姉さん推しの子に俺と姉さんの関係がバレてしまったのか。なんか一番バレたくない相手にバレた感じだなあ。

「ところで賀藤君。賀藤君って歌上手いんだね。声も私の推しにそっくりなんだ。ああ、この推しはマリリンとは別の推し」

「推し何人いるんだよ」

それにしても俺に声がそっくりな推しね。どんな人物なんだろう。

「私、最近Ｖｔｕｂｅｒってやつにハマっていてね」

ん？　なんか不穏な流れがやってきたぞ。

「知ってる？　動画配信者なんだけど、実際に姿は見せなくてアバターを使って配信しているんだ」

「へ、へえーそうなんだ」

知ってるもなにも当事者だよ。現役Ｖｔｕｂｅｒだよ。

「んで、その私の推しの子なんだけど。これ」

政井さんは俺にスマホを見せてきた。そして再生される動画。

『皆様おはようございます。バーチャルサキュバスメイドのショコラです』

やっぱり、じゃねえか！

「私、普段はコメントとかしないんだけどね。このショコラちゃんが、エレキオーシャンの楽曲を歌ってくれた時に嬉しくてついコメントしたの。その動画タイトル見た瞬間心臓が跳ね上がるかと思った。奇跡のコラボレーションっていうか、神の動画っていうか。もうその時の高揚感ったら、私の推しに私の存在を認知してもらえたのかな？　って思うともう尊すぎて死にそう」

え？　なに？　俺試されている？　まさか、政井さん俺のことショコラだって疑っている？　そりゃそうだよな。声がまんま俺だし。いや、でも世の中には自分と同じ見た目の人間は3人はいるって言うし、声も同じだろう。そう誤魔化そう。

「ああ、ごめんね。女の子と声が似ているって言われても気分悪いよね？　賀藤君は男子だから」

「お、おう？」

あれ？　俺の正体がショコラだと疑われてないのか？

「ネット上ではショコラちゃん男の娘説を推している輩《やから》もいるし、ファンアートでショコラちゃんに生やしたものを投稿しているのもいるけれど、そういう人は片っ端からブロックしているの」

そうですか。随分と過激な思想の持ち主のようで。というか、そんなファンアートもあったんだ。俺より検索力高いじゃないか。

「あ、ごめん。私ばっかり話しちゃって。私、好きな話題になるとつい口数多くなっちゃって。気をつけてはいるんだけど」

気をつけた結果があの無表情か。

「そんな気にしなくていいよ。俺、政井さんと話せて楽しかったし」

「わ、私も！　マリリンの弟と話せて良かったー！　もう死んでもいい」

そんな大袈裟だな。身内からすると、どこがありがたいのか全然わからない。

「あ、それじゃあ私こっちだから。じゃ、また明日学校で」

俺は政井さんと別れて自宅へと帰った。姉さんの存在がバレたのは痛手だったけれど、まあ他の人には黙ってくれるみたいだし、そこはいいか。

第25話　調子に乗る姉

今週も例の日がやってきた。歌唱力のレッスンを受けるために姉さんのマンションに訪れる。ちなみに、レッスン料は姉さんの部屋の掃除だ。今週も相変わらず姉さんの部屋は汚い。

今日は試しに姉さんのバンドの曲を歌うことになった。もちろん、俺がショコラだとバレないように音を若干低めの歌声にした。姉さんにショコラの存在が認知されているかは知らないけれど、念には念を入れておく。

「うーん……琥珀《こはく》。もうちょっと高い音出せない？」

「姉さん。俺男なんだぞ。そんなに高い音出せるわけないだろ」

そんな嘘をついてしまう。実際は、なぜか出せてしまうけれど。

「琥珀ならいけそうな気がするんだけどなあ」

姉さんは不満そうな声を漏らした。そして、その後もレッスンは続いた。

「よし、今日のレッスンはここまで。丁度いい時間だしご飯にしようか」

この瞬間を待っていた。もうこの時のために姉さんのマンションに来てると言ってもいいからな。

姉さんが料理を作り、運んでくれた頃。俺は話を切り出すことにした。

「あ、そうだ。姉さん」

「ん？　どうしたの？　琥珀」

「俺の同級生にさ、姉さんのファンがいたんだよ」

政井《まさい》夏帆《なつほ》。エレキオーシャンのベース担当のマリリンのファンにして、Vtuberショコラのファンでもある女子高生。

「え？　うそ！」

姉さんは鼻息がかかるくらいの距離まで俺に急接近してくる。

「顔が近い」

「ねえねえ。その子どんな子？　イケメン？　高身長？　頭脳明晰？　スポーツ万能？ってか、親がお金持ち？　30万の借金を肩代わりしてくれる財力ある？　ああ、違う。そもそも彼女とかいるの？　そこ重要」

なんか勝手に男でイメージされているけれど、姉さんのファンは残念ながら女だ。というか、弟の同級生に手を出そうとするほど飢《う》えてるのか。この女は。

「その子は女子だよ」

「え？　琥珀……あんた女子と接点あったんだ」

姉さんが口をポカーンと開けてショックを受けている。なんだこの生き物。失礼にも程があるだろ。俺にだって女子の友達くらいいるわ！　最近できたばっかりだけど。

「でも、男子じゃないのかー。私のことが大好きで四六時中傍《そば》から離れようとしないワンコ系の男子じゃないのかー。口ではツンツンしているけれど、私が落ち込んだ時には励まして支えてくれるツンデレ系の男子でもないのかー」

露骨に願望を口に出して落ち込んでいる姉さん。どんだけ彼氏欲しいんだよ。そして、未成年のファンに手を出そうとしないで欲しい。姉が性犯罪で捕まるとか嫌すぎる。

「いやー。でも私にファンができるとはねー。で、その女子ってどんな子なの？」

「教室では無表情で他人を近づけさせないタイプだけど、姉さんの話をしている時はニッコニコの笑顔になる変人だよ。写真あるけど見る？」

俺はスマホに保存してあったクラスの集合写真を姉さんに見せた。

「ほら、この背の高い女子」

「わお。クールビューティ系。ん……この子うちのライブに頻繁に来てくれる子だ」

「ファンの顔を覚えてるの？」

数多くいるファンの顔を覚えるだなんて、姉さんの記憶力もバカにできないな。もしかして、姉さんはアホじゃない説が浮上してきたぞ。

「そりゃそうよ。だって、ファンの数少ないから……」

「ああ……」

泣けてくる話だ。この話はこれ以上触れてはいけない。

「んで、この子は政井さんって言うんだけど。この政井さんは、カラオケでエレキオーシャンの曲を歌ったんだよね」

「な、なんですと。まだ配信されたばかりなのに……いやー。やっぱり私が作曲した曲だからね。流石私。天才的センスの持ち主《もちぬし》。早く他の曲も配信されないかなー」

姉さんが調子に乗り始めた。実際、姉さんの作曲センスは凄いと思う。作曲経験のない素人の意見だけど。ただ、バンドの知名度が絶望的なまでになかったから、中々陽の目を見なかったんだよな。

「にへへー」

政井さんがエレキオーシャンの曲を歌ってくれたのが嬉しかったのか、姉さんは気色悪い笑みを浮かべている。

「あ、そうだ。いいこと思いついた」

姉さんは立ち上がり、机の上からガサゴソとなにかを探している。

「あった」

姉さんが手に持っているのはサインペンとサイン色紙だ。サイン色紙にさらさらーっとサインをしていく。ファン数が少ないのに、無駄に慣れた手つき。いつか、サイン会が開催できるくらいの人気バンドになることを夢見て、練習してきたんだな。そう思うとなんか切なくなってきた。

「ねえ、琥珀。政井さんの下の名前って何?」

「夏帆だよ。夏に帆立《ほたて》の帆」

「あんたねえ。私にホタテのホって言われても漢字がわかるわけないでしょうが。もういい。ひらがなで書く」

姉さん……よく高校卒業できたな。

「いやー。でも、私改めて思うけど。私の名前、真鈴《まりん》で良かったなー。もし、私が琥珀なんて名前つけられたら、自分の名前を漢字で書けないところだった」

姉さんの発言をスルーして、俺は姉さんの料理を黙って食べた。本当に料理は美味しいのにな。才能のほとんどを料理に吸われてんじゃないのか。

「よし。できた。世界で1枚しかない。私が夏帆ちゃんのために書いたサイン。きっと夏帆ちゃんは嬉しすぎてショック死するんじゃないかな?」

「おいおい。流石にそこまでは……」

いや、政井さんの場合あり得るかもしれない。あの人は無駄に俺の姉を神聖視しているからな。

「琥珀。今度から夏帆ちゃんをウチに呼んできなさい」

「え？　なに言ってんの？」

　意味がわからない。どうしてそうなるんだ。

「ファンと交流を深めるのも一流のアーティストには必要なこと」

　ちょっと人気が出たからといって、すっかり一流のアーティスト気取りである。

「でも、姉さん。政井さんが来るまでに掃除できるの？　1人で？」

「げ」

　流石に俺は身内だから、姉さんの部屋が尋常じゃないくらい汚くても許容はできるけど。他人様が姉さんの部屋に訪れたら幻滅《げんめつ》するレベルだと思う。百年の恋も冷めるというか、普通にファンを辞めると思う。

「そこは……ほら、琥珀。あんたが前日頑張って掃除してくれたら」

「いや、自分で掃除しろよ」

「うぅ……金曜の夜はバイトがあるから忙しいんだよぉ」

　結局、姉さんが掃除できないということで政井さんを呼ぶ話はなくなった。良かった。

　俺、政井さんはあんまり得意じゃないからな。やっぱり無表情なのは怖い。無表情が許されるのは表情差分がないＶｔｕｂｅｒだけだ。

◇

月曜日。俺はいつものように学校に向かう。いつもと違うのは、所持品の中に姉さんのサインが入っていることだ。

しかし、このサインをどうやって渡そうか。人前で渡すわけにはいかないよな。堂々と渡したら、俺に姉がいることがバレてしまうし。ここはこっそり人気《ひとけ》のない場所に呼び出して、渡すしかないか。

俺は勇気を振り絞って、政井さんの席に向かった。

「政井さん。ちょっといいかな」

「なに？　賀藤《がとう》君？」

冷ややかな視線を俺に向ける政井さん。えー。なんでそんな視線を俺に向けるの？　この前、一緒にカラオケに行った仲じゃない。

「ちょっと大事な用事があるんだ」

「大事な用事？　ここでは言えないこと？」

「うん。だから、今日の放課後。校舎裏に来て欲しい」

「あ。うんわかった……」

政井さんと放課後約束を取りつけた。後はこのサイン色紙を渡すだけだ。

◇

放課後、政井さんが校舎裏に待っていた。普段のクールな表情は一転して、なんかもじもじしているように見える。気のせいだろうか。

「が、賀藤君。用事って何？」

「ああ。政井さんに渡したいものがあるんだ」

俺は鞄から姉さんのサイン色紙を取り出して、政井さんに手渡した。

「こ、これは……」

「エレキオーシャンのマリリンのサイン。政井さんがファンだって話したら、快く書いてくれた」

「ヴェェエエェェ!!」

政井さんが声にならない声を上げた。

「え、えー⁉　マリリンのサイン？　賀藤君のお姉さんのマリリンのサイン？」

「こら、それを学校で言うんじゃない」

「ありがとう賀藤君。本当にありがとう。ああ、私もう死んでもいい」

政井さんは姉さんのサインをギュッと胸に押し当ててうっとりとしている。そんなに嬉しかったのか。

「え？　あれ？　まさか、賀藤君の用事って、これだけ？」

「ん？　それだけだけど？」

「え？　私に告白するんじゃないの？」

は？　なに言い出してるんだこいつ。

「え？　ちょっと待って。何言ってるの政井さん？」

「いや、だって、男子が女子を人気のないところに呼び出すって、告白かいやらしいことをするしかないじゃない」

本気で意味がわからない。俺としては、姉さんのサインを表立って渡すわけにはいかないから、この校舎裏という場所を選んだわけで。

「賀藤君……私に告白したことにしてくれない？」

「え？　嫌です」

「いやいや。私、優姫《ゆうき》に賀藤君に告白されるかもって言っちゃったんだよ。どうしてくれるの？」

「知らんがな！　そっちが勝手に勘違いしただけだろ」

政井さんはサインを持っていない方の手で頭を押さえた。

「しょうがない。勝手に勘違いした私が悪いんだもの……はあ、死にたい」

政井さん。本当になんなんだこの女子は。できることならもう関わり合いたくない。

第26話 新しい動画編集ソフトとネタ探し

Ｖｔｕｂｅｒ活動をして初めて得た収益。それの使い道は決まった。俺は、震える手でマウスをクリックして、購入手続きをする。もう後戻りはできない。やっぱり他のものが欲しかったと言っても手遅れだ。

そうして有料動画編集ソフトの購入が完了した。無料の動画編集ソフトでもある程度のことはできるが、トップ勢の動画投稿者は有料のものを使って時間を短縮するという。やはり、動画を作る上で一番時間がかかるのは編集作業だ。たかが10分の動画を作るのに数日かかることもあるという。際限なく凝《こ》れる世界なのでそうなってしまうのは仕方のないことだろう。

今回買った動画編集ソフトは動作が軽いらしい。俺のパソコンはスペックが高めに設定してあるが、それでも動作が軽いに越したことはない。

俺は早速、動画を編集してみることにした。俺もエレキオーシャンのリゼさんみたいな動画を作れるようになりたい。その思いで動画に派手なエフェクトをかけることにした。

俺は手あたり次第に、色んなアクションエフェクトを突っ込んだ。動画を再生させると画面内がエフェクトの暴力に支配されている。凄い。これだけエフェクトかけても全然処理落ちしない。流石有料ソフトだ。馬力が違う。

しかし、どうにも画面が下品だ。ただ、エフェクトをかければいいというものではないか。どうすれば、リゼさんみたいな動画を作れるようになるのだろうか。師匠に相談してみようかな。

そう思って、俺はメッセージアプリを立ち上げた。すると、1通のメッセージが届いているのが確認できた。

Rize：Amber君。忙しいのでしばらくの間返信できません。ごめんね

なんだ。師匠も仕事で忙しいのか。それは大変だなあ。師匠も社会人だし、しょうがないか。多忙の身でありながら、俺の面倒を見てくれる師匠には感謝しかない。

さて、次の動画のネタ探しのためにSNSを巡回でもするか。新しい編集ソフトを手に入れたところで、編集する動画がなければどうしようもない。なにかバズってるネタないかな。

ＳＮＳを開いて真っ先に目に入ったのが、エレキオーシャン公式アカウントの投稿だ。

エレキオーシャン公式
現在、急ピッチで血塗られたお茶会のＭＶを作成してます
もうしばらくお待ちください

あー。これか。血塗られたお茶会が急に人気になったせいで、「ＭＶはないのか？」って声が殺到したんだっけ。

普段は、新曲発売から数ヶ月後にＭＶが投稿されるみたいだけど、今回は急に人気が出た異例中の異例だからな。エレキオーシャン側も折角《せっかく》、波に乗っている時期を逃したくないから必死になってＭＶを作っているんだろう。

なんか。ショコラのせいで急に忙しくさせてしまったみたいで申し訳ない。元々細々とやっているバンドだったのに。

これからエレキオーシャンが有名になって資金力も手に入れられるようになったら、リゼさんもＭＶ作成から手を引いて別の業者に委託するんだろうか。そうしたら、リゼ

さんのMVが見れなくなる。それはそれで寂しいな。

少し切ない気持ちになりながら、俺は画面をスクロールさせた。

次に目についたのが、女子更衣室脱出ゲームを作った作者のアカウントだ。

脱出フリゲ制作委員会
新作フリゲを公開しました
女子トイレ脱出ゲームです

また変なゲームを作ってる……でも、動画の撮れ高が凄いゲームであることには間違いない。撮影してなかったらプレイしたくはないけど。

これも一応、実況候補に入れておくか。まだ再生回数を稼げるような新作ゲームを買うお金がない。だから、こうして隙間産業的な方法で再生回数が取れるネタを探していかないと。

この辺は本当に資金がない個人勢特有の悩みだ。企業勢だったら、こんな悩みとは無縁なんだろうな。ゲームとか機材とかも全部、会社の経費で落としてくれるんだろうな。

いいなー。

俺も会社のお金でゲームをやってみたい。おっと、いけない。思考がVに染まり切るところだった。俺が目指しているのはＣＧデザイナーだ。会社のお金でゲームしている場合じゃない。

その他には……目ぼしい情報はなかったな。なんか、『男子が告白してきそうな雰気で呼び出して来たけど違った』とか謎の投稿が拡散されてきたけど、無視しておこう。俺の第六感がこいつとは関わるなと言っている。

他の投稿だと……とあるゲーム実況者が【女子更衣室脱出ゲーム】の実況動画を上げたって宣伝が回ってきた。ふむ。俺が実況したゲームを他の人が実況したらどうなるんだろう。ちょっと見てみようか。

俺はＵＲＬをクリックして、動画のページを開いた。見覚えのあるタイトル画面が表示される。

『はい……どうもみなさん。緋色《ひいろ》です。今回プレイするゲームはですね……』

声色が暗い。ボソボソと喋りすぎ。マイクの音質が絶望的なまでに悪い。なんだこれ。視聴者に対する配慮とかそういうものが感じられない。最低限度の音質というかそういうものはやっぱり欲しい。自分で動画を見返してみて、音質が悪いとかそういうの気にならなかったのか。

俺はすぐに下をスクロールしてみた。そしたら、そこに表示されていたのはチャンネル登録者数12人の文字。12人⁉　え？　嘘だろ。は、始めたてだよな？　流石に。

俺は嫌な予感がして、その緋色とかいうゲーム実況者の投稿した動画本数を見てみた。その数なんと１４３本。実に俺が投稿した動画の数より多い。

最古の動画は2年前になっている。この実況者は2年間。陽の目を見ずにずっと投稿し続けたというのか。

なんか。動画投稿サイトの暗部みたいなものを見た気がする。俺も初動の動きが悪かったら、この人と同じように地下に沈んでいたかもしれない。そう思うとなんだか身震いがした。

いや。でも。マイクの音質と喋り方が悪いだけでトークは面白いかもしれない。このまま視聴を継続してみよう。もしかしたら、トークスキルとかそういうものが学べるかもしれない。やっぱり、俺もトークスキルは欲しいところだ。話す力というのはVで活躍するにはもちろん必須だし、日常生活や社会生活を送る上であって損するものではないからな。

『女子更衣室脱出ゲームを実況します……俺はもちろん、女子更衣室には入ったことはありません。まあ、あったら犯罪なんですけどね……ふふ』

自分のセリフで笑うな！　しかも大して面白くない。笑ったとしても失笑レベルだぞ。

なんかもうギブアップしたくなってきた。でも、一応動画を開いた以上最後まで見てあげるか。

『このタイトル画面の体操服の女の子可愛いね。やっぱり、体操服姿というものはいいものですな。俺は体育が苦手だったんだけど、体操服姿の女子が見れるから体育は好きだったんだ。ああ、でも体操服が好きだからって盗んだりはしないよ。盗んだら犯罪なんですけどね……ふふ』

前置きが長い！　早くゲーム始めないか！　視聴者はゲームのプレイ動画を求めて動画を再生しているんだぞ。そんなクソどうでもいい変態自分語りを聞きに来たんじゃない。そういうのはせめて、ゲームやりながら話すことがなくなった時に言え。

ダメだ。この動画を見ても反面教師にしかならない。多分、二度とこのゲーム実況者の動画を開くことはないし、関わることはないだろう。

俺は全てを見なかった、聞かなかったことにして動画をそっと閉じた。低評価を押したくなったけれど、既に15もついているから押さないでおこう。チャンネル登録者数より低評価が多いとかちょっとかわいそうになってくる。

ってか、この動画を拡散したの誰だよ。ショコラがフォローしているアカウントの中に犯人がいるな。よーし。ちょっと犯人捜しをしてみるか。

そして、少し調べてあっさりと犯人は見つかった。それはギャル吸血鬼Ｖｔｕｂｅｒ

のカミーリア・アンデルセンことカミィ。お前かー！　お前がこのお世辞にもクオリティが高いとは言えない動画を拡散させたのか！　一体なんの目的で拡散したんだよ。

全くもって謎だ。

第27話 カミィと緋色

私はパソコンのディスプレイに取りつけてあるカメラに顔を映す。ディスプレイに表示されている私のアバターが私の表情に連動して動いていることを確認。マイクの音量テストも確認。今日も配信が始まる。

「我が眷属《けんぞく》たちよ。今宵《こよい》も我が城に集《つど》ってくれたこと感謝する……」

精一杯恐ろしくも高貴な雰囲気を出す。今の私は高貴な吸血鬼……。

「ギャル吸血鬼のカミィでーす。よろしくおなしゃす！」

そして次の私は単なるギャル吸血鬼。おおよそ結びつかないこの2つの属性。どうして、この2つの属性が組み合わさったか。それは、このガワの制作者しか知りえないことだ。理由を聞いても教えてくれない。

リスナーも順調に増えてきた。あれもこれも、私をサポートしてくれる彼の存在があるからだ。生配信の環境を整えてくれて、ガワと演じるキャラ設定も作ってくれて、動画の切り抜きや編集をしてくれる存在……私を裏でサポートしてくれる兄がいてくれたから今の私がいるんだ。

「それじゃあ、早速今日の雑談配信してみよー。あーしはね。この前、ラーメン屋に行ったの。まあ、わかる人にはわかると思うけど。マシマシなやつ。……あ？　誰だ豚の餌《えさ》とか言った奴。表出てこい。血吸うたるわ！」

カミィは好きなもの、推しをバカにされた時にキレ芸をする。これも最早定番と化している。本当にキレているわけではないと、リスナーのみんなもわかっているからこそできるプロレスだ。

「それで、ニンニクをマシマシにしたんだけどね。隣にいた狼男が、こう言うわけ」

私はちょっと声色を変える。普段のギャル口調から、ちょっと低めの声を出そうとする。

「やめときな姉ちゃん。あんたみたいなひ弱な吸血鬼ちゃんがこの店のニンニクに耐えられるわけがねえ。だって、この店のニンニクは本物だからな」

私は元のカミィの声色に戻す。声の使い分けも大分慣れてきた。配信開始当初は役になりきるのに10分程度のイメトレが必要だったけど、カミィなら数秒で戻せるようになった。

「そこであーしはカチンと来たわけよ。『は？　あんたこそこの店のニンニクのなにがわかるっての。狼男は大人しく月見そばでも食って変身してろ』って返してやったわけよ」

今のところリスナーの反応も良好なようだ。この明らかに嘘だとわかる話。それに乗ってくれる辺り、Ｖｔｕｂｅｒファンは優しい。ちゃんと仮想世界は仮想世界の話だと割り切ってくれている。中には、キャラ設定ガン無視して、魂の人格が滲《にじ》み出《で》ている方が好きって人もいるだろうけど。私は、折角《せっかく》もらったこのキャラ設定を大切にしていきたいと思ってる。

「そこでもうバトルが始まるわけ。まず、あーしは山のような野菜を口に入れてガツガツといくんだけどね。向こうは向こうでさ。狼男だから口がでかい。もう尋常じゃなくでかい。だから、食べるスピードが段違いっつーか。異次元の領域。掃除機かってくらい野菜を吸引してくるわけ。ほら、あーしって顔も口も小っちゃいじゃん？　だから不利なわけよ」

顔が小さいと言った瞬間、コメントが一斉に「え？」と流れる。なんだこの一体感。血を吸ってやる。

「んで、あーしも負けを覚悟したの。そしたら、いきなり狼男が『うっ』とうめき声を上げてね。そのまま首元を押さえて苦しがってるの。何事かと思って、狼男のラーメンを見たら……玉ねぎが入ってた」

話のオチを理解したリスナーから「草」とかいうコメントが流れる。犬には玉ねぎを与えてはいけない。ネギ類に含まれている成分のせいで中毒症状を起こしてしまうのだ。犬を飼っている人ならもちろん、飼ってない人でもそこそこ知られている有名な話である。

「みんなもワンちゃんにはタマネギあげないように気をつけようね。って話でしたー」

そこから適当な雑談をした。コメントの読み上げから始まって、そこからどんどん話題を広げていく。トークスキルも培《つちか》われてきたし、私も個人勢のVtuberとしては、そこそこの地位を築けたと思う。

「あ、もうこんな時間だ。そろそろ眠る時間だねー。みんな、今日は来てくれてありがとー。愛してるよ。ちゅ」

私は吸血鬼という設定ながら夜はきちんと寝るという設定である。だから、あんまり夜が遅くなるとリスナーのみんなから「早く寝なくて大丈夫？」と心配されるくらいだ。

「それじゃあみんな。またねー。次の配信でお会いしましょう」

私は、配信を切って、パソコンの電源を落とした。この配信の面白かったところも兄に頼めば切り抜きをしてくれるだろう。私はただ、生配信をしたり、たまに動画を撮ったりするだけでいい。個人勢としては環境は恵まれていると思う。

さてと。寝る前に兄に挨拶しにいくか。私の兄も動画配信者だ。と言っても、私と違ってVtuberではない。彼は緋色という名前のゲーム実況者だ。けれど、あんまり伸びていない。

実際、兄は表立って活躍する人間ではないと思う。裏方というかサポート役が向いていると思う。それは、私を支えてくれているからわかる。

彼は実況者向きではない。編集者向きなのだ。それでも、伸びてないゲーム実況を延々と上げている。いつか伸びる日を夢見て。

私は兄の動画を拡散したことがある。その時に兄に余計なことをするなと怒られた。どうやら兄は自力で伸びたいようだ。妹の力を借りるのは彼のプライドが許さないのだろう。

実況を撮る時は私のマイクを貸してあげると言っているのに、頑《かたく》なに型落ちのマイクを使い続けている。私にはいいマイクを使えって言っておいてこれである。

現状、兄の生活を支えているのは私だ。外に出て働かない兄。兄に編集させたり、絵を描かせたり、その対価として私が報酬を支払うことで兄はなんとか生活できている。だから、私は兄の分まで頑張らなければならない。今は外で仕事をしているけれど、いずれはＶｔｕｂｅｒの活動も生活の足しになるくらいの稼ぎが欲しいな。

私は兄の部屋をノックした。数秒後、兄が扉を開けた。

「お兄さん。私はそろそろ寝ます。おやすみなさい」

「んー。ああ、おやすみ」

兄はボソボソと小声でそう言った。兄も昔はこんな風じゃなかった。高校にあがるくらいまでは、明るくてどちらかというと人気者だったと思う。でも、高校で段々と暗い性格になっていき、高校卒業後は就職も進学もせず、家に引き籠ってしまった。

兄は人とあんまり喋らなくなってからは、このようなボソボソ声になってしまった。一応、私と会話をしているし、ゲーム実況でも話しているから、会話の仕方を忘れたというわけではない。ただ、適切な音量、声のトーンというのがわからなくなっているのだ。

兄が暗くなった要因。それは、彼が中学生時代の時まで遡《さかのぼ》る。絵が描くのが好きだった兄の将来の夢は画家になることだった。兄は、絵画コンクールではいつも上位に入っていた。彼の絵の上手さは中学生の域を超えていた。そこで、周りの大人に薦められて年齢制限のないコンテストに作品を出してみたらどうだと薦められた。

大人に交ざっての参加に兄はワクワクしていた。自分の絵は大人レベルなんだと私に自慢気に話したっけ。

コンテストの結果兄は入賞を果たした。大人も参加しているコンテストで中学生が入選を果たして話題になるかと思いきや……なんとそのコンテストに小学生の入選者がいたのだ。

話題は全て、その小学生に持っていかれた。兄は悔しがっていたが、同時に自分より若い才能に喜んでいた。自分はいつか、あの子と競うんだと。ライバルが登場したことで兄のモチベーションもアップしていたかに思えた。

けれど、現実は兄を裏切った。あの小学生は、二度と絵画の世界で名前があがることはなかった。

兄は落胆していた。自分と同じ道を目指していると思っていただけに、小学生が筆をおいてしまったことを。

なにか事情があったのかもしれない。そう思って日々を過ごしていたある日。兄は、ある記事を発見してしまった。あの時、入選した当時小学生だった子がＣＧで環境保護を訴えるポスターを作って話題になっている記事を。

中学生になった彼はインタビューでこう語っていた。「僕の将来の夢はＣＧデザイナーになることです」

自分より才能のある人物がアッサリと絵画の道を捨てて別の道に歩んでいる。兄はその事実にショックを受けてふさぎ込んでしまった。あの子ですらなれなかった画家の道に自分はなれるはずがない。そう言って兄は夢を諦めた。

その当時小学生だった少年の名前は今でも忘れない。賀藤《がとう》琥珀《こはく》。私の兄の夢を奪った少年の名前だ。彼が悪くないのは理解している。けれど、どうしてもやるせない気持ちになってしまう。

「あ、そうだ……俺、最近ネット上でフレンドができたんだよ」

「え？」

ネット上でも誰かとつるむことをしなかった兄にフレンド？　誰だか知らないけれど、兄の友達になってくれて嬉しい。

「最近、有料の動画編集ソフトを買ったって高校生の子がいてな。丁度、俺も同じのを使っているから情報交換をしようってことになったんだ」

そう語る兄の表情は嬉しそうだった。私は、心の底から安心感のようなものを覚えた。

第28話 新しいフレンド

最近新しいフレンドができた。ショコラのアカウントではなく、俺の個人的なアカウントAmberの方だ。こちらのフレンドは、技術力を高めるために使っているアカウントだ。新しいフレンドのアカウント名はHiroだ。ヒロさんって読むのかな？　なんかどことなく本名っぽい。登録してある性別は男性だ。

ちなみに師匠は性別を設定してないから未だに男女どっちかわかってない。本人に性別訊くのも失礼になるかもしれない。設定してないってことは隠したいのかもしれないし、そこにはあえて触れていない。でも、口調があんまり女性っぽい感じがしないんだよな師匠は。社会人やっていれば、一人称が【私】になる男性もいるし、多分師匠の性別は男性だろう。

Hiroさんは、とあるVtuberの動画編集の担当をしているらしい。どのVtuberか名前を明かしてはくれないけれど、動画編集でお金を貰っているってことはプロってことなのかな。やっぱりVtuber名を明かすと守秘義務とかそういうのに抵触してしまうのかもしれない。だとすると、企業勢を相手にしているのかな？　と邪推してしまう。

ちなみに、Ｈｉｒｏさんはまだ10代らしい。俺も同じ10代ということで気軽に絡んでいける。

Ｈｉｒｏ：Ａｍｂｅｒ君ってゲームとかしたりするの？
Ａｍｂｅｒ：昔は結構やっていたんですけど、今はお金と時間が中々なくてできないんですよね

今月の正確な収益はまだ確定してないけれど、先月分の収益は楽に超えそうだ。主《おも》にＶｔｕｂｅｒ関連の方で……だから、来月末にはまたお金が入ってくるから、お金の問題はクリアできそうである。ただ、やはり趣味でゲームする時間は中々取れない。

やってみて思ったけれど、実況でやるゲームと趣味でやるゲームは全然違う。趣味でやる分には、グダグダとプレイできるし、特に視聴者のことを意識する必要はない。ただ、実況で撮影しながらやると、「ここはカットだな。じゃあ黙っておくか」「ここは倍速で処理しよう」「ここら辺で面白い話しておかないと」っていう風な意識をしてしまう。時間も意識してやらないと録画ファイルも膨大なものになってしまうし、そこら辺の事

情も考えながらゲームするのって案外しんどい。
Hiro：そうか。一緒にオンゲーやってみたかったな
Amber：来月末にお金が入ってくるから、その時になったらオススメのゲームを教えてください
Hiro：お、いいねえ。それじゃあ今からオススメゲームのリスト作っておくか
Amber：気が早いですよｗｗ

やっぱりVtuberの編集をしているだけあって、ゲームには詳しいのだろうか。Vtuberもゲーム実況したりするし。俺もVtuberだけど、ゲーム実況はあんまりアップできてないんだよな。ゲーム実況はお金がかかるものだ。フリゲーでお茶を濁《にご》している段階だけど、それにも限界を感じている。やはり強いのは企業の新作ゲーム。発売してからすぐにアップした動画は、再生回数が文字通り桁違《けたちが》いなのだ。

再生回数が爆上がりすれば、ショコラの知名度があがる。ショコラの知名度があがれば、DL数が増える。そう。これが大事なのだ。再生回数と共に増えていく広告収入に目がくらんでいるわけでは、決してない。広告収入が欲しいかどうかと言われたら欲しい！　でも、やっぱり3Dモデルの売上が一番欲しいのだ。

最近は目的と手段が逆になってきている気がするので、ここらで一度認識を改めなければならないのだ。

　その肝心のショコラのＤＬ数だけど、現在のＤＬ数はなんと……10だ！　ついに2桁の大台に突入した。俺の手元に入ってきたお金は累計で30万円！　凄い！　ショコラのチャンネル登録者数が7万人突破しただけのことはある。この喜びを誰かと分かち合いたい。けれど、俺がショコラの３Ｄモデルを販売していることが知られたら、俺のＶｔｕｂｅｒ活動も芋蔓《いもづる》式にバレてしまう。つまり、それを言えるのは俺がショコラだと知っている師匠だけだ。でも、師匠は今は忙しくて話せない。

　しかし、10人に販売できたとはいえ、そうなるともっと欲深くなってしまうのが人間というものだ。後24人に売れれば利益は１００万円を超える。プロでもなんでもない素人が作った３Ｄモデルで１００万の利益を叩きだせれば十分御《おん》の字《じ》だと思う。

　しかし、３Ｄモデル1体に２００～３００万円を支払う貴族のような人も世の中にはいるんだよなあ。誰かその人を俺に紹介してくんないかな。３００万円あったら、もうＶｔｕｂｅｒやめても全然遊んで暮らせるのに。誰か３００万円のお仕事ください。あ、もちろん18禁以外でお願いします。

　まあ、３００万円欲しかったら、３００万円に見合うだけの技術を身につけろって話だよな。今の俺では30万円が限界。それが現実。辛い。

そんなこんな絵に餅を描いていると、メッセージが届いた。Ｈｉｒｏさんかな？　そう思ってメッセージを開くと……これは師匠からのメッセージだ。

Ｒｉｚｅ：やっと仕事が落ち着いてきた。どうだ？　Ａｍｂｅｒ君。私がいない間にちゃんと腕を磨いていたか？

どうやら、師匠も過酷な労働から解放されつつあるようだ。

Ａｍｂｅｒ：師匠。お疲れ様です。師匠がいない間も、きっちりとＣＧ制作に励《はげ》んでましたよ

Ｒｉｚｅ：うん。よろしい。それでは、いつものようにデータを送ってくれ。私がチェックしてあげよう

仕事で疲れているはずなのに、俺の面倒を見てくれる。やっぱり師匠はいい人だ。

俺は師匠にモデリングのデータを渡し、師匠が評定をしてくれている間に、ＳＮＳを巡回することにした。

カミーリア・アンデルセン＠ギャル吸血鬼Ｖｔｕｂｅｒ
カミーリア・アンデルセンの収益化審査通りました
応援してくれた眷属のみんなーあんがとねー

おお。カミィの収益化通ったんだ。同業者の喜ばしいニュースは見ていて気持ちがいいな。まあ、彼女なら収益化も時間の問題だと思ってたけれど。

エレキオーシャン公式
お待たせしました、「血塗られたお茶会」のＭＶが来月上旬に配信決定しました
今回はメイドをイメージした楽曲です
ＭＶには知る人ぞ知るゲストが出るという噂が……？

もう新作のＭＶができたのか。いや、もしかしたら、勝手に配信スケジュールだけ決

められてケツを叩かれてるだけかもしれない。そうだとしたら、リゼさんも大変だな。
それにしても、知る人ぞ知るゲストって一体誰なんだろう。気になるな。リゼさんの個人アカウントを見てみよう。なにか情報があるかも。

リゼ@エレキオーシャンギター&MV担当
しばらく失踪します探さないで下さい

この投稿を最後に消息が途絶えたようだ。やはり、クリエイターというのは過酷な仕事だ。リゼさんは音楽もやっているし、MV制作もしているし、更に本業でフリーランスでCG制作もしている。その内、過労死するんじゃないかと心配になる。
ん？　リゼさんが最新の投稿をしたみたいだ。

リゼ@エレキオーシャンギター&MV担当
フミカがまた無茶なスケジュールを組みやがった

あのアマ絶対後で殴る

フミカ……確か。エレキオーシャンのドラム担当の人だっけ？　彼女がスケジュールとか組んでいたのか。他のメンバーのことは詳しく知らないけれど、少なくとも姉さんに任せるよりかは確実に適任だと思う。だって、あの姉さんにマネジメントさせたら確実に組織は崩壊するから。

お、師匠からメッセージが来てる。もう評定が終わったのかな？

Ｒｉｚｅ：Ａｍｂｅｒ君ごめん。今回は詳しい講評ができそうもない。とりあえず、確実に成長しているってことだけは伝える。この調子で頑張れ

Ａｍｂｅｒ：大丈夫ですよ。師匠。忙しい中、俺に時間を割いてくれてありがとうございます。無理しないでくださいね

Ｒｉｚｅ：ああ。死なない程度に頑張るつもりだ。心配してくれてありがとう

師匠もリゼさんも大変そうだな。やっぱりクリエイターは過酷で激務なんだな。俺はまだ、自分のペースでやれているからマシな方だと思う。誰かから案件を受けるように

なったら、また忙しさも変わってくるのだろうか。でも、お金のことを考えると案件を受けた方が収入面で安定する。その辺のバランスも難しいところだな。

第29話　筆を置いた理由

今日は美術の授業がある。俺は、絵を描くのは割と好きな方なので美術の授業は好きだ。腕前も小学生の時に、大人も参加しているコンテストに応募して入選したことがある。当時は、天才小学生とか言われて調子に乗っていたっけ。

父さんは俺を画家にするんだとか言っていた。色んな画材も買ってくれたな。結局、俺は画家の道に進まなかったからそのままにしてあるけど。でも、そんな父さんとは対照的に母さんが画家なんて水モノだからやめておけって言ってたな。それがきっかけで、父さんと母さんが喧嘩《けんか》してたのを今でも覚えている。

まあ、今となっては母さんの気持ちもわかる。母さんも演出家という収入面で安定しにくい仕事をしていた。だからこそ、不安定な仕事の苦労を嫌というほど知っているのだ。まあ、今俺がしている仕事も収入不安定もいい所だけど。まあ、高校生という身分で稼げているだけ大目に見て欲しい。でも、もし、俺に子供ができて、将来Ｖｔｕｂｅｒになりたいとか言い出したら全力で止める。ＣＧデザイナーになりたいって言ったら……それはもう応援しよう。

　画材道具を持って、三橋《みつはし》と一緒に美術室に向かう。

「今日はペアを組んでの人物画のデッサンを描くんだってよー。女子とペア組みたいな」

「それはどうして？」

　予測する。絶対ロクな答えが返ってこない。

「だって、男子の顔を長時間見るより、女子の顔を見た方が楽しいだろ」

「ああ、そうね」

　うん。大体こういう答えが返ってくると思ってた。流石、俺。勘が冴えている。

　そんなくだらない会話をしていたら、美術室についた。木製の椅子に座り、先生の到着と授業の開始を待つ。みんなが近くの人と一緒に話をしている。でも、俺は話をしない。だって、俺の隣の席にいるのは政井《まさい》さんだもの。

　チャイムと同時に先生が美術室に入ってきた。会話が一斉に止み、委員長が「起立！　気をつけ！　礼！」と号令をかける。

　美術の先生は頭がハゲてヒゲもボーボーな中年のオッサンだ。その無駄にあるヒゲを頭に移植すればいいのにと思う。

「よし、今日の授業を始めるぞ。今日は人物画のデッサンを描くと言ったな。隣の席の人とペアを組み、それぞれ相手の顔を描いてくれ」

うわ。マジかよ。政井さんと組むのかよ。まあ、人物画を描く分には表情筋が死んでいる方がありがたいか。下手に表情を動かされたらやりにくい。

「よろしく。賀藤《がとう》君」

「ああ。よろしく政井さん」

早く描いて早く終わらせるか。いや、でも政井さんが描き終わらないなら俺も終われないな。結局、待つことになるなら、しっかりと描いてやるか。

俺は鉛筆を取り、政井さんの顔を描き始めた。政井さんは苦い表情をして俺を見ている。なんだ。それ、どういう心境なんだ。俺がペアだと不満なのか？　俺だって、政井さん以外と組みたかったのに。

俺はサッサと鉛筆を動かし政井さんの輪郭《りんかく》を描いていく。政井さんは顔だけ見ると本当に美人だよな。同学年の女子と比較しても大人びている。多分、姉さんと並べてみても、政井さんの方が年上に見えるかもしれない。

光の当たり方にも気を配り、鉛筆で調子をつけて立体感を出していく。光源の位置の意識。それは3DCGをやっていれば、嫌でも身につくものだ。長らく、絵を描くことから遠ざかっていたけれど、感覚自体は鈍ってはいないようだ。

そんなこんなで、政井さんの顔を描き終わった。政井さんも丁度同じくらいに俺の顔を描き終わったようだ。政井さんは顔を真っ赤にして俯いている。なんだろう。なにかあったのか？

「描き終わったら、ペアに見て貰うように。見たら感想を伝えてやれー」

先生が大声でそう言った。

「だってさ。政井さん見せて」

「やだ……」

「やだ？」

政井さんらしくない拒絶の仕方。そんな駄々っ子のように断られても反応に困る。

「先に賀藤君が見せて」

「ん？　いいけど」

俺はなんの躊躇《ちゅうちょ》もなく、政井さんを描いた絵を見せた。その絵を見た瞬間、政井さんは口を開けてポカーンとした。

「え、嘘……上手すぎじゃない？」

「別に上手すぎってわけではないと思う。多分、美術部の人の方が上手い」

俺の技術的なことは小学生の頃勉強した知識で止まってるからな。知識や技術を現役でインプットしている人には勝てないだろう。

俺の絵を見て、政井さんがうなだれる。俺の絵になにか問題があったのだろうか。

「政井さん。そろそろ絵を見せて」

俺は政井さんから絵を取り上げた。

「あ、だめ」

政井さんが小さく呟《つぶや》く。しかし、時すでに遅し。政井さんの描いた絵は俺の手に渡る。

政井さんの絵を見た瞬間。俺は電撃が走った。酷《ひど》い。いくらなんでも酷すぎる。多分、俺が幼稚園児だった時の方が上手い。俺の絵が上手いという意味でなくて、政井さんの絵が下手だという意味で。

高校生にもなってこんな画力の人間がいたんだ。もし、政井さんがＶｔｕｂｅｒでお絵描き配信したら、間違いなく画伯枠で人気になるだろう。

政井さん……もしかして、芸術的センスが壊滅的にないのか？　歌も残念だったたし、絵もお世辞にもいいとは言えない。なんか可哀相になってきた。

「死にます」

政井さんは暗い声でそう言った。

「いや、いくらなんでも死ぬのはやりすぎじゃ」

「推しの弟をこんな冒瀆的な絵にしてしまった罪は重い……」

もうこの世の終わりかのような表情をしている政井さん。どうにかして慰めてあげようかと思っていた、その時だった。

「お、上手いじゃん。これ、琥珀《こはく》が描いた絵か？」

三橋が俺が描いた政井さんの絵を見て称賛した。

「マジで超可愛い。美人だなー」

「え？」

絶望した表情の政井さんの顔がパアッと明るくなった。美人と言われて舞い上がってしまったのか。意外に単純なんだな。

「ああ。本物より、ずっと美人だな。流石だな琥珀」

「あ、わかる？　本物より美化して描いたんだよね。時間が余って暇だったから、ちょい修正したんだ」

そこに気づくとは流石、三橋。観察眼が優れている。毎試合ベンチで選手の様子を観察しているだけのことはある。

不意に殺気を感じる。政井さんの方を見ると、俺と三橋を思いきり睨みつけてる。やばい。視線だけで殺されてしまう。なんで、こんなに怒ってるの？

「知ってるか政井。琥珀は小学生の頃、大人も参加しているコンテストに参加して入選したことがあるんだ」

三橋が余計なことを言い始めた。なんで、お前がドヤ顔になってるんだよ。別にお前は凄くないから！

「え？　賀藤君ってそんなに凄いんだ」

「今はもう絵は描いてないけどね」

「なんで？　そんなに上手いなら描けばいいじゃない。プロの画家にだってなれるかもしれないのに」

もう何百回は言われたであろうセリフを政井さんが言う。

「いや……無理だ。あんな絵を見せつけられたら、画家を目指そうだなんて思えなくなる」

俺はあの絵を見た時に画家になるのをやめようと思った。でも、そのお陰で今のＣＧデザイナーの夢ができたわけだし、あの出来事は自分でも良かったと思ってる。

「あの絵？　どんな絵？」

政井さんは俺の話に興味があるようだ。まあ、別に面白い話でもないけれど、話してあげるか。

「実は、俺が参加したコンテスト。入選者にもう1人未成年がいたんだ。当時中学生だった少年の絵。その絵はとてもイキイキとしていた。まるで絵を描くのが心底楽しそうで、描いた人のキラキラとした想いのような……魂というのかな。そういうものを感じたんだ」

講評では、俺は技術を買われて入選した。でも、彼の絵には技術だけではない、俺が持っていない熱い想いが込められていたんだ。俺は所詮《しょせん》、周りの大人に褒められて良い気になっていただけだった。そういう下心が透けて見える自分の絵が段々と嫌になってきたんだ。

「俺はその時悟った。俺は、生涯こんな素晴らしい絵を描くことはできないって。彼は俺にはなかった絵に対する想いっていうのがあったんだ。その点俺は、絵画に真剣に向き合っていなくて、作品に魂を込められない。だから、画家にはなれないって思ったんだ」

だから、俺は必死で探した。自分自身が魂を込められるものを。そして、３ＤＣＧに出会い、真剣に取り組めるものを見つけて、今に至るわけだ。

「そうなんだ……なんかすごい世界」

政井さんは無表情のまま俺を見ている。まあ、別に面白い話ではないから、笑いもしなければ、感動もしないだろう。

それにしても、当時中学生だった彼は今は何をしているのだろう。年齢的には美大に進学してたりするのかな。それとも、もう既に画家として活躍しているのかも。どっちにしろ、彼は天才だから華やかな道を歩んでいるんだろうな。

第30話　MV完成

月が変わってすることといえば、収益額の計算だ。今月はなんと３Ｄモデルが５人に売れた。１人に売れれば、俺の懐に3万円入ってくるから、15万円の利益を生み出したことになる。先月の利益が6万円だったから、今月はなんと倍以上になった。

そして、Ｖｔｕｂｅｒでの収益……投げ銭とか広告収入とかで得た金額は……¥１４０，９８０。危ない！　追い込みで最終日に３Ｄモデルが１件売れてなかったら、本業と副業が逆転するところだった。

それにしても、合計すると月収29万円……あれ？　これ、一般的なサラリーマンより稼いでないか？　まあ、個人《こじん》事業主《じぎょうぬし》の俺にはボーナスとか福利厚生とか諸々ないから、そこら辺差し引いたらサラリーマンの方が待遇がいいんだろうけど。

少なくとも同年代で俺より稼いでいる奴は、早々いないだろう。まあ、世の中には天才子役とかアイドルなどの芸能界、動画投稿者、起業家、株やＦＸとかで稼いでいる人たちもいる。だから、年下で俺より稼いでいる人間もかなりいるんだろう。

　まあ、正直に白状すれば、今月は収入が逆転する予感がした。だから、下旬からは動画投稿や生配信の頻度を下げた。もし、俺がVtuber一本でやっていこうとしたら、Vtuberでの収入はもっと凄いことになっていただろう。

　しかし、こうなってしまってはそろそろ税金の問題も関わってくるな。確定申告のやり方とか、高校生の俺には難しいな。確か、師匠は個人事業主って言っていた気がする。師匠に確定申告のやり方訊こうかな。いや、でも流石にCG制作以外のことで質問するのも迷惑かな。師匠は最近忙しそうだしな。それくらいは自分で調べるか。

　確定申告のことを調べようとパソコンを操作しようとした時、メッセージが届いているのに気づいた。師匠かHiroさんのどっちかだろうか。

Rize：Amber君。やっと本当に仕事が終わった。わからないことがあれば、なんでも質問していいぞ

　師匠からのメッセージだ。なんでも質問していいらしい。

Amber：CG以外のことでもいいんですか？

Rize：プライベートなこと以外ならな

師匠のプライベートは本当に謎なんだよな。俺は師匠の年齢も住んでいる場所も性別も知らない。正にミステリアスな存在だ。まあ、それだけネットリテラシーが高いってことか。案外、俺の身近な存在だったりして。いや、それはないか。

Ａｍｂｅｒ：じゃあ、確定申告のやり方を教えてください

Ｒｉｚｅ：ああ。そうか。確かに今の内に知っておいた方がいいな。私もその時期になると忙しくなるから、Ａｍｂｅｒ君の面倒を見れないかもしれない。わかりやすく解説しているサイトがあるから、ＵＲＬを送るよ

冗談で言ったのに、本当に教えてくれた。師匠に感謝して、ちょっと、後でサイトを覗いて勉強しよう。

Ａｍｂｅｒ：ありがとうございます師匠。まさか本当に答えてくれるとは思いませんでした

Ｒｉｚｅ：弟子が脱税で捕まったら、流石に笑えないからな

Ａｍｂｅｒ：じゃあもう1つ質問いいですか？

Ｒｉｚｅ：いいぞ
Ａｍｂｅｒ：子供を作りたいんですけど、どうやって作ったらいいかイマイチわからないんですよね。なにか作り方のコツとかってあります？

さっきまでスムーズに返信がきていた師匠の返信が止まった。ん？　俺なにかまずいことでも訊いたのだろうか。

Ｒｉｚｅ：どうしてそれを私に訊くんだ

え？　なにその反応。確定申告のことは素直に教えてくれたのに。やっぱり、大人と子供では骨格が違うから、モデリングの仕方とかも変わってくると思って質問しただけなのにな。

Ｒｉｚｅ：あ、ごめん。そういうことか。子供の骨格標本のデータを送るから、大人のものと比較してみてくれ。自分で違いに気づくのも観察眼を養う上で大事なことだからな一体なんだったんだろう。まあいいや。とにかく、今は師匠の言われた通りにしよう。俺は師匠に送ってもらったデータをよく観察した。それを穴が開くほど注視していると、師匠が言う観察眼というものが身についたような気がする。

◇

ふう。なんとなく子供の作り方がわかったぞ。次のモデルは子供を作ってみようかな。

さてと。長時間勉強していたら、肩が凝《こ》ったな。俺は椅子から立ち上がり、軽くストレッチをした。腕を回す運動。軽く膝を屈伸させ、体の凝りを解す。やはり、デスクワークは、定期的に運動しないと。座りっぱなしというのも体力を使うのだ。

さて、気分転換にSNSでもチェックするか。そう思って、SNSを開くとショコラのアカウントに大量の通知が入っている。え？　なにこれは。俺なにかしちゃいましたか？

［ショコラちゃんMV出演おめでとう］

［エレキオーシャンとコラボするんだったら言ってよー。告知してくれないから見逃すところだったよ］

［ＭＶのショコラちゃんカッコ可愛かった］

え？　コラボ？　なんの話？　歌ってみた動画のことか？　いや、でもＭＶって言ってるしな。歌ってみた動画にも動画はくっつけたけれど、アレはＭＶと呼べるほどのクオリティのものでもないし。

そう思って、タイムラインを眺めているとある投稿が目に入った。

エレキオーシャン公式

血塗られたお茶会のＭＶが本日配信開始！

なんと最近人気急上昇中のＶｔｕｂｅｒショコラちゃんが出ています

は？　え？　なにこれ。なんで、ショコラが動画に使われてるんだ？

俺は理解が追いつかなかった。ショコラは俺が作った３Ｄモデル。それがどうして、他人の手に……あ、そうか。そういえば、ショコラの３Ｄモデルと使用権を販売していたんだった。あまりにも使ってもらえな過ぎて、営利目的でも使用可、制作者に報告不

要という条件だったの忘れたよ。あはは。

俺はＵＲＬを踏んで、動画を開いた。数秒の静寂。遠い位置にショコラがいる。そして、イントロが流れ始めるとカメラワークが変化し、ショコラの顔に近づき、表情がキリッとしたものに変化する。え？　なにこのド迫力なカメラワーク。単なるズームだよね？　それなのに、これがカッコいいものに感じてしまう。

いや、これはカメラワークがカッコいいと感じたんじゃない。音楽とカメラのズームのタイミング。それらがメロディーやリズムと合わさっているから、カッコよく感じるんだ。俺にはわかる。これは、何十回……いや、下手すると何百回という試行回数の果てに調整されたタイミングだ。寸分でもズレたら違った味わいになる。それらが視聴者の心境にどんな作用をもたらすのか、それを計算して取捨選択してできたのが、このワンシーン。

自分たちの音楽の力と映像がもたらす効果。それらを信じていなければ到達できない領域。俺はたった数秒で、リゼさんの凄さを思い知ってしまった。元から、動画を拝見していてリゼさんの凄さはわかっているつもりだった。だけど、今回の動画のクオリティは今までとは魂の籠り方が違って見える。なんだろう。リゼさんの想いっていうのが伝わってくる。この感情は……リスペクトとも少し違う。どこか感謝のような気持ち。

この動画の主役は間違いなくショコラだ。音楽、背景、エフェクト。それらがショコラという存在を立てるための捨て石のような役割を果たしている。なんだろう。いつものリゼさんらしくないというか……リゼさんはどちらかと言うとエレキオーシャンの音楽を主《おも》とした演出を心がけている。言わば、音楽のための映像だ。だけど、今回の動画はまるで、映像のための音楽を流している。俺はそう解釈した。

リゼさんが創作のスタイルを変えてまで、ショコラを立たせようとしてくれている？いや、元からリゼさんは複数のスタイルを持っていてそれを適切に使い分けているだけかもしれない。今回は映像を主とした方がいい。そう判断したんだろう。

動画が終わっても、俺の心に熱い余韻のようなものが残っていた。技術的なことに関して言えば、他のMVと大差ないだろう。だが、今回のMVには間違いなく今まで以上に魂が感じられた。

凄い。CG動画にここまでの魂が込められるんだ。リゼさんがどれだけ、CG動画制作を愛しているか。たった数分の動画で理解できてしまった。

俺もこんな動画を作ってみたい。そう思えてきた。絵画の時は、俺の想いが中途半端だったから逃げてしまったけど……俺はCGに命をかけている。だから、この動画並のものを作れるはずだ。

俺にはまだ技術力もセンスも魂も足りてないかもしれない。けれど、本気になって打ち込めばいつかきっと実は結ぶはずだ。

そう信じて頑張ろう。

書き下ろし短編　憧れるもの

先日のエレキオーシャンのMVを見て決意を新《あら》たにした俺だったが、残念ながら人間とは決意だけでは変わらないものである。なんならこの販売サイトのダウンロード数だって変わらない。ショコラの動画が伸びていけばこの数字も多少は伸びるだろうと期待はしたものの、本当に想定していたよりももっと「多少」な伸びだった。

いや……もっと前向きになろう。変わってないのは状況だけで、俺のやる気は高まっている。ならば今こそより積極的に動くべき時。そう思って師匠に相談してみることにした。

Ａｍｂｅｒ：師匠。今の俺に一番足りないものってなんですかね？　直した方がいいところとかないですか？

Ｒｉｚｅ：突然どうした。キミは今でも十分よくやっているだろう。それは私がよく知っている

Amber：いや……めちゃくちゃやる気が高まっているんですが、何から手をつけたらいいかがわからなくて
Rize：ああ、なるほどな。確かにそういう気持ちになるのはわかる。しかし、悪いところを直すのはもちろん大切なことだけれど、自分の得意な武器を見つけて伸ばすことも重要だ。その武器の使い勝手から自分の足りないものや弱点が見えてくることだってある

俺の得意な武器か。なんだろう……正直まだ完成させた3Dモデルがショコラとケルベロスしかないから、自分の得手不得手がわからない。

他に細々としたアイテムも作ってはいるが、作品といえるほどに力を入れていないから勘定に入れるべきではないだろう。

Amber：俺って何が得意なんですかね？
Rize：それを私に聞かれても困るが……そうだな、いい機会だから今まで作ったことのないものに挑戦してみるというのはどうだろう。キミはショコラで可愛い路線のキャラを作っただろ？
Amber：いえ。ショコラは可愛い系というよりかはセクシー系です。確かに可愛

い面もありますが、セクシーの方が優先されます
Ｒｉｚｅ：そ、そうか……まあセクシーでもいいけど、とにかくセクシーな方向のものは得意だろう。今回はそれとは正反対にかっこよさを追求するのもいいんじゃないか？
Ａｍｂｅｒ：かっこいい系のキャラですか？
Ｒｉｚｅ：そうだ。かっこいいものや憧れるもの、そういうものの制作をしてみるといい。作風の幅を広げてみたら意外とハマることだってあるかもしれないしな。なんでもかんでも手を出しすぎるのもアレだけど、これくらいは挑戦してみてもいいと思う

なるほど、作風の幅か。確かに色々なものを作れた方が重宝されそうだし、昔の偉い人も敵を知り己を知れば、みたいなことを言っていた気がする。自分の得手不得手を把握するためにはもってこいの課題だ。
特にお題縛りとかもないようだし、かっこいいというジャンルだけならば俺にだってできるはず。

Ａｍｂｅｒ：そうですね。それくらいなら俺でもできると思います
Ｒｉｚｅ：そうか。頼もしいな。では、楽しみにしているよ

◇

こうして、俺はかっこいい、憧れるものをテーマにして色々と追求してみることにした。やはり、男子たるもの幼少の頃からかっこいいものが好きである。大体男なんて本能で動いているようなものだし。己の中の童心を解放して男心をくすぐるようなものを参考にすれば、いいものができあがるであろう。

というわけで、まずはかっこいいものの定番。男性アイドルを参考にモデリングしてみよう。適当にネットで検索して出た男性アイドルの画像を参考に頭の中で構想を組み立てていく。リアル寄りにするのか、それともデフォルメに近い形にするのか。その方向性が決まらないことには始まらない。

とりあえず、リアル寄りで一回作ってみて、なんかコレジャナイってなったら、デフォルメに修正する方向性でいこう。

そうと決まれば、まずは参考資料として用意した男性アイドルの観察からだ。参考資料をどれだけ注意深く観察できるか。それによって、今後の作業の大変さにも影響するし、完成度も大きく違ってくる。良いクリエイターは観察力と分析力が優れているものである。

そういうわけで最近人気沸騰《ふっとう》中らしい男性アイドルの資料とにらめっこを始めたのだが……観察してみてわかったことがある。この男性アイドル、そこまで脚が長くない。顔は良いけれど、全体のバランスはそこまででもない。

なんというか、アイドルって全てのプロポーションが完璧なイメージがあったけれど。全体的に細身だし、縦縞《たてじま》の服を着ることで縦に長く見せているんだな。

いや、人の悪いところばかり見ていては前に進めない。今回の完成イメージはかっこよくて憧れるものだ。この男性アイドルの良いところに注目して、そこを強調するようにしよう。

うん、まず鼻が高いな。流石《さすが》アイドル。かっこいい！　ちょっと脚が短いけど。それからアゴのラインもシャープだし、顔全体の彫《ほ》りも深い。腰から下が短いけど。

なんだろう……一度気になってしまうと、気にしないようにしても気になってしまうな。いや、別に俺だって人の脚をとやかく言えるような体型ではないんだけども。

やめやめ。男性アイドルなんて星の数ほどいるんだ。スタイルが良いアイドルを選ぶべきだろう。大体どんな人間でも気になるところの一つや二つあるものだ。脚が短いのも一つの個性。長ければいいというものでもない。

それはそれとして次のアイドルを探そう。「男性アイドル　脚が長い」で画像を検索してっと……おっ、この人なんかいいんじゃないのか？　俺は宣材写真っぽい画像をクリックする。脚長いし顔もかなり整っている。ただ、宣材写真だと色々な角度で見ることができない。やはり、動いている姿を見るのが一番だな。ちょうどライブの映像が配信されている動画サイトがある。これを参考にしてみよう。

だが動画を再生してみると、なにやら違和感を覚えた。宣材写真とどこか違う。なんというか体の比率が合わないというか。宣材写真より脚短い？　もしかして、これ宣材写真を加工しているだけで、実際はそこまで脚が長くないのか。最近では写真加工も珍しいことではないけれど、ここまで露骨《ろこつ》にやるか？

ダメだ。どうしても加工のことが気になって、観察に集中できない。

というか俺、こんなに他人の脚が気になる人間だったのか……己の中のあまり知りたくない一面を知ってしまった。ともかく一旦、アイドルから着想を得ることは諦めて別の何かを探してみるか？

そう思って、俺はふと関連動画を見てみた。そこに出ていたのは子供向けの特撮《とくさつ》ヒーローのＰＶだった。そういえばこのアイドルは俳優業もやっていて、この特撮にも出演していたんだったな。

特撮ヒーローか……俺も子供のころ見てたし、多くの男子が通る道だ。つまり、かっこいい要素が詰まっている。ならば、参考資料としてはかなり適してるはず。よし、試しに今無料で配信されている特撮のシリーズを検索してみるか。最近は昔の作品を期間限定で無料配信してくれることが多くなった。そこから全話無料とか、関連作品の有料コンテンツに繫げていくんだろう。

本当は俺もサブスクとか使った方がいいんだろうけど、ショコラのＤＬ数が若干増えたとはいえ俺の収入もまだまだ不安定だ。無料で済ませられるものは無料で済ませた方が良い。

そんなわけで俺は現在動画配信サイトで無料配信している特撮ヒーローの１話目を再生してみた。番組自体は４、５年前のものなのだが、その頃には俺は特撮離れしてしまっていたのであまりよく知らない。まあそれでも、きっとなにか参考になるはずだ。

とりあえず、変身シーンまで飛ばそう。最近では倍速視聴がどうとか言われているし、俺もクリエイターの端くれとして本当はちゃんと作品を見なきゃいけないとは思うけれど、今は資料集めを効率的に行いたい。「娯楽《ごらく》目的で見るわけじゃないし」と心の中で言い訳をして変身シーンまでシークバーを動かした。

「ヒーローは遅れてやってくる！　遅刻戦隊《ちこくせんたい》オクレンジャー！」

そんな掛け声と共にやってきた５色のヒーロー。それぞれが口上と共にポーズを決めて怪人へと向かっていく。

殴る、蹴《け》る、摑《つか》む、投げるといったアクションを一通りやった後に敵が巨大化するお決まりの展開。それに対抗するために巨大ロボを呼び出して合体。そして、巨大ロボの必殺技で巨大化した怪人が爆発四散。市民の生活は人知れず守られたのだった。

第1話、完。

「……まあ、これを参考に作ってみるか」

椅子の背もたれにもたれかかって軽い気持ちでオクレンジャーのモデリングを始めた。それにしても、遅刻戦隊ってどういうセンスだよ。これを見た子供が悪びれずに遅刻するようになったらと思うと教育上よろしくない何かを感じる。

とは思いつつも、やはり特撮ヒーローなのでスーツの造形は結構ちゃんとしている。

気づけばモデリングを始めて早2時間が経過していた。

幸いアクションシーンが多く様々な角度から見られるので、モデリングに必要な資料には事欠かなかった。大まかな部分のモデリングが完成したので、色々な角度から眺めてみる。

まあまあ、再現度は高い気がする。しかし、なんというか……これは俺のセンスじゃない。オリジナリティが足りないというか、完全に人のふんどしで相撲《すもう》を取っている感じしかしない。

元々は才能ある大人が集まって企画・デザインしたものだ。それを忠実に再現すれば一定のクオリティは保証される。再現は忠実にしたつもりではある。が、それ以上の加点はない。

例えば、漫画家なら他人が作ったキャラでも自分の画風に違和感なく上手い具合に落とし込むことも可能だろうし、見た人に新鮮な気持ちを与えられる。しかし、俺がコピーしてみたこの3Dモデルには独自の解釈《かいしゃく》を何一つ与えられていない。それに、ここから俺独自の特撮ヒーローへとアレンジしていくようなアイデアも浮かんでこない。

こんな付け焼き刃を師匠に提出したところで、手抜きであると見透かされるのがオチだ。

なぜだ。大体自分自身でこのモデルに対してかっこよさを見いだせていないのだ。小さい頃はあんなにワクワクしながらかっこいいと思って見ていたヒーローものなのに、どうしてしっくりこないんだ。

「う〜ん……」

一人うなりながら悩んでみたものの結論は出なかった。小さい頃とは感性が変わってしまったのだろうかと寂《さび》しい気持ちになりながらも、一応は後から失敗例として見直して反省できるように3Dモデルを保存した。

仕方がないので次の作品制作に取り掛かろう。切り替えは早ければ早いほど良い。

実際のものを3Dモデルに落とし込もうとするから上手くいかないのではないか。そう思った俺は3Dモデルのサイトを漁《あさ》ることにした。3Dモデルの一覧を見ても中々にピンとくるものはなかった。やはり、特定の目的があるのならば、ランダム表示やダウンロード数ランキングから探すのではなく。きちんとしたワードを指定しないといけないのかもしれない。今度は「かっこいい　キャラ　人間」で検索してみる。

上位に出てきたのは、なんというか少女漫画や乙女ゲームに出てきそうな感じのイケメン。確かに見た目はかっこいい部類ではあるけれど、俺向きではない気がする。そう思いつつももっと下にスクロールさせてみると、途中で明らかに他とは毛色《けいろ》が違う画風の３Ｄモデルが出てきた。

いや、違うのは画風だけではない。ジャンルそのものが違う。そもそも骨格レベルで違うのかもしれない。俺の視界に入ってきたのはビジュアルの暴力！　圧倒的筋肉！　常人の体格の倍はある恐ろしいパワー系マッチョの３Ｄモデルだった。

かっこいい。そんなワードで検索して出てくるこの力の化身。褐色の肌からは汗の幻影すら見える。なんのエフェクトもかけていないのに、マッチョの熱気、熱量が感じられるのはある意味では天才の領域だと思う。見る者の感性をシンプルなパワーでねじ伏せる。そんな魂のこもった３Ｄモデルだ。

格闘ゲームかなんかのキャラクターかと思ったのだが、調べてみるとどうやら個人が趣味で作ったものらしい。

作者名は……侍宗寺院秀明。読みは「じそうじいんひであき」だろうか。とにかく字面も凄いインパクトがある。確かに、これはマッチョ系の作品を作ってそうな名前だ。

技術面も芸術性も共に圧倒的に優れている。今の俺では到達できない程のレベルにいるのは間違いない。けれど……なぜだろう。そのレベルにまでなりたいとは不思議と思えない。なんというか、生まれながらにして持っているマッチョへの渇望という宿命を極限にまで研《と》ぎ澄《す》ませたからこそこのモデルが作れたのであろうことがわかる。だがそこまでの筋肉魂を宿して生まれてこなかった。

この作品は見なかったことにしよう。俺もいずれはマッチョのキャラクターを作らなければならない時が来るかもしれないけれど、今はその時ではない。俺はこのゴリゴリのマッチョを凄いとは思っても、かっこいいとまでは思えても、憧れの念を抱く程の感性を持ち合わせていない。そもそもの話、マッチョに憧れているんだったら、今頃筋トレの1つや2つを行っているところである。

それにガチで好きでマッチョを作っている人に敵《かな》うわけがない。ともすれば、俺はマッチョ系クリエイターには向かないのかもしれない。なんでもかんでもすぐに諦めるのはよくないことだけれども、時間は有限である。世の中には早めに見切りをつけた方がいいこともある。今がその時だ。その判断を見誤れば人生は苦労するが……まあ、今回は大丈夫だろう。

俺は極めて冷静に、正確無比な動きでマウスを操作して、3Dモデルの一覧サイトを閉じた。

◇

自分なりの「かっこいい」を追求して3時間程が経った。目も疲れてきたし、長時間座りっぱなしなせいで肩が凝《こ》ってきたし、腰も痛くなってしまったし、体全体が硬くなっている。ちょっと根を詰めすぎてしまったかもしれない。自室にこもりっきりというのも体によくないので、リビングで休憩することにした。

自室を出て階段を降り1階へと向かうと、リビングからなにやらガサゴソと音が聞こえる。兄さんか真珠《しんじゅ》が帰ってきたのだろうか。でも、あの2人はうるさい物音を立てるようなことはしないな。まさか、泥棒《どろぼう》か？　俺は少し身構えて、リビングのドアをゆっくり恐る恐る開けて中を覗いてみた。俺の視界に入ってきたのは、前髪だけ金髪に染めた妙な生物だった。

よし、見なかったことにしよう。俺はそう思って踵《きびす》を返そうとした瞬間、奴がこちらを振り向いてきた。

「琥珀《こはく》？　あんた廊下で何してんの？」

見つかった。気づかれないように細心の注意を払ったつもりだったのに、普段は鈍《にぶ》いクセにこういう時だけ妙に感覚が鋭いんだよな。

「なんで俺に気づいたんだよ」

「そりゃあ、物音が聞こえてきたからね。ふっふっふ」

流石、音楽が数少ない取り柄なだけのことはある。耳は常人よりも良いということか。

「姉さん。一体何しに来たの？」

大体一人暮らししているクセに実家に戻りすぎだろ。

「えーと……何しに来たんだっけ？」

おいおい。マジかよこいつ。実家に戻ってきて、何の用か忘れたのか？

「というより、なんで家を荒らしていたの？」

多分、家を荒らしていたことと用が関係あるのかもしれない。そう思って、俺はその質問をしてみた。姉さんは頬に人差し指をあてて「うーん、うーん」って唸《うな》っている。

おいおいおい。何の理由もなく実家を荒らしていたのか？

「キッチンになにか美味しいものないかなー？　って思ってね。あったらこっそり持って帰ろうかと」

「姉さん……まあ、一人暮らしだし、仕事も安定してないから生活が苦しいのはわかる。だから、食費を浮かそうとして実家を頼るのを俺は責めない。だけど勝手に持って行こうとするのは流石にどうなのよ？」

「いいじゃん。家族なんだから」

「いや、別に俺はいいけどさ、せめて許可取らないと母さんに怒られるぞ」

ちなみに、俺はいいけど、は大体よくないと思っている人が言いがちなセリフである。

「だって、私お金ないもーん」

開き直りやがった。本当にこれと血が繋がっていると思うと目まいがする。

「あ、そうだ。お金がないで思い出したけど、琥珀。あんた、このチケット買わない？」

姉さんはハンドバッグから、若干ヨレヨレになっているチケットを取り出して俺に見せつけてきた。

「なにこれ」

「私たちのバンドのライブチケット」

「悪いけど姉さん。俺だって別にお金があるわけじゃないんだ。そういうのは正社員として安定した給料をもらっている兄さんに頼んでくれ」

実の兄をいけにえに差し出すことでこの場は切り抜けよう。

「あー。実は、最近ね。お兄ちゃんに着拒解除してもらったから電話かけたの。ライブチケット買ってーって。そしたら速攻で切られた上にまた着拒されちゃった」

残念でもないし当然だ。俺が兄さんの立場でも、借金してくる妹が更にチケットまで売りつけようとしてきたら着拒するかもしれない。

「はあ……やっぱり、琥珀みたいな貧乏高校生じゃチケットなんて買えないか。まあ、いいよ。特別にタダであげるよ」

「いや、タダでもいらんがな。こっちは色々とやることがあって忙しいんだよ」

師匠から出された課題が何一つ進んでいない。こんな姉さんのライブなんて見ているヒマはないんだ。

「そもそも、タダでいいなら真珠にチケットをあげればいいのでは？」

「真珠は休みの日は部活があるから来れるわけないじゃない。帰宅部でバイトもしてない超絶暇人の琥珀にしか頼めないことなの」

俺が帰宅部なのは事実だけど、暇人だと思われているのが妙に腹が立つ。こちとら、休みの日はゴリゴリに3DCGの勉強をしているし、最近ではVtuberの活動もある。決してヒマではない。

「おねがーい。琥珀。チケットもらってよー。空席が目立つと見映《みば》えが悪いし、少しでも人気があるバンドだってみんなに思わせたいじゃん？　本当にタダでいいからさ」

姉さんが俺の肩にしがみついてきた。非常にうっとうしいが、力ずくで振りほどくのもはばかられる。こうなってしまっては、姉さんは絶対に離れない。生まれついての甘えん坊根性。駄々《だだ》をこねれば周囲が折れてくれることを学習してしまった子供のようにしつこい。

　このまま姉さんに引っつかれているのはかなりの時間の無駄だ。だったら、早めに折れた方が時間を有意義に使えるというものではないか。それに、なんだかんだで、姉さんのライブから得るものもあるかもしれない。クリエイターは制作に行き詰った時は別の刺激を受けることで、良いアイディアが浮かぶこともある。気分転換という意味では、タダでライブを見に行けると考えると悪くない気がしてきた。

「仕方ないな。ちょっとした気分転換になるかもしれないしライブ行くよ。だから、早く離れてくれ」

「わーい！　わーい！　流石琥珀。あんたならそう言ってくれると思ってたよ」

　こうして、俺はヨレヨレのチケットを押しつけられてしまった。なんだかんだでこの変な生物に甘い対応をしてしまう自分が嫌になる。

　姉さんのバンドはガールズバンドだから俺が目指すようなかっこいい感じとはまた違うだろう。けど、クリエイターにとってはインプットが大切だ。この経験がいつか強力な引き出しになるのかもしれない。そんな、せめてものプラス思考を持つことにしよう。

◇

　エレキオーシャンのライブ当日。俺は身支度《みじたく》を整えて家を出た。ライブ会場に向かう道中に考えていることは、今日のライブが楽しみだなという感情ではない。

　正直、師匠の課題のことがまだ引っ掛かる。全くインスピレーションが湧《わ》かないまま締め切りの日だけが近づいてくるのは恐怖でしかない。そんな状態で今日のライブが楽しめるのかどうか不安な気持ちに駆られる。最初こそ気乗りはしなかったものの、折角《せっかく》ライブに足を運ぶのだったら楽しまなければステージに立つ彼女たちに失礼というものだ。姉さんはともかく、他のメンバーはきちんとした人たちなのだ……多分。そう考えるとこのライブも全力で楽しまなければならない。今日のところは師匠の課題は忘れよう。師匠には申し訳ないけれども。

　そんなことを考えているとあっという間にライブ会場に着いた。インディーズバンドの割にはそこそこの人がいる。年齢層的には10代から20代くらいの若年層が多いな。まあ、俺もその内の一人だけれども。一部明らかなおっさんもいるけれど……まあ、どの世界にも若い女性を追いかけるようなスケベなおっさんはいるだろう。とりあえずドリンク購入の列に並ぶか。

「あれ？　もしかして、賀藤《がとう》君？」

　聞き覚えのある声が聞こえた。この背後から無数の針で突き刺すような気配と殺気。間違いない。

「あれ？　政井《まさい》さん？」

やはり、政井さんだった。そういえば彼女、エレキオーシャンのファンだったな……。しかしライブ会場で会うとは思わなかった。休日に同級生の女子とバッタリ遭遇するのもなんだか新鮮な気持ちだ。新鮮なだけで別に嬉しいかと聞かれると微妙だが。

「やっぱり！　こんなところで、マリリンのおとう……」

「待った。それ以上言わないで」

誰に聞かれているかわからない。こんなところでアレの弟だってバレたら末代までの恥だ。

「そ、そうだよね。ここで言ったら騒ぎになるかも」

まあ、一応はエレキオーシャンのファンが集まっているところなんだから、それもあるんだろう。けど、俺は姉がいないことになっているので、できればそのことに触れないで欲しい。

「というか賀藤君って意外と家族想いなのね」

「別に……ただ、チケットを押しつけられただけだよ」

「えー！　いいなー。ライブがタダで見れるってことでしょ？　私はお小遣いからチケット代やりくりしてるから大変なんだよ」

まあ、普通のファンからしたらそうなるだろうな。そういうファンからしたら身内特典としてチケットがタダで手に入るのは羨《うらや》ましい限りであろう。

「タダというか……まあドリンク代は自腹だけどね」

流石に自分が飲むドリンク代くらいはちゃんと払う。もちろん、そんなつもりがなかったとしても、姉さんが500円くれるわけがないのはわかりきっているのだが。

それにしても1杯500円のドリンクか……。単体で見るとものすごく割高だな。ファミレスなら400円くらいでドリンクバーが頼めるのに。

「あーもう、マリリンのライブ楽しみだなあ」

後ろで政井さんがそわそわしている。姉さんの被害を直《じか》に受けている身からすると、なんでアレのファンになるのか全く理解ができない。

ドリンクを購入してそれを飲みつつ政井さんと共に会場に入った。係員に案内されるがまま進む。

「私はF列だからこっちね」

「あ、俺もF列だ」

俺は改めてチケットを見て席番号が本当に合っているのか確認した。確かに政井さんと同じF列である。

「そうなの？　案外席が近いのかも。席番号は15だけど」

「俺は16……って隣じゃないか」

なんという偶然だ。こんなところで同級生に会うだけでも結構な確率なのに、しかも席が隣だなんて。

「わー凄い偶然！　ちゃんと楽しんで盛り上がらないとダメだよ！」

政井さんがピュアな笑顔をこちらに見せてくる。しかし、どうしても普段の冷酷《れいこく》な表情の政井さんがチラついてしまう。その笑顔の裏に一体どれだけの人の命を犠牲《ぎせい》にしてきたのだろうか。

「ここまで来たからには楽しむつもり」

「うん。エレキオーシャンのライブ絶対にいいから！　賀藤君も気に入るから！　特にね。マリリンの演奏とパフォーマンスが――」

政井さんがなにやら早口でまくし立てているけれど、内容が何一つ頭に入ってこない。人間の脳には興味がない、重要ではない情報は自動的に処理の優先度を低くする仕組みがあるらしい。俺は今そうした機能に助けられている気がする。

席についてライブ開始を待つ。隣の政井さんはずっとそわそわしていて落ち着かない様子だ。

ライブ開始時刻になって、照明が暗くなる。そして舞台袖から4人の女性がステージに上がって来た。その瞬間、観客たちが一斉に沸き立つ。当然、隣の政井さんも黄色い歓声をあげて飛び跳ねている。

4人が楽器を構えて最初の曲が始まる……かと思ったら、姉さんがマイクを手に取っ

て、

「ヴォエエエエエエエエエエ!!」

　まさかの初手デスボイス。俺はいきなりの身内の奇行に思わずビビってしまう。しかし他の観客たちも呼応するように歓声やデスボで応えていた。もしかしたらこれはお約束のパフォーマンスなのかもしれない。そうだとすると、エレキオーシャンは物凄《ものすご》くファンに愛されているバンドなんだろう。

「みんなー。今日のライブに来てくれてありがとー！　エレキオーシャンのベース担当のマリリンだよー！」

　またしても観客が沸き立つ。隣にいる政井さんも「マリリン可愛い！」と絶叫《ぜっきょう》している。

　その後も他のメンバーも自己紹介を始めて、それぞれのファンが歓声を上げて合いの手を入れる。城内の空気が温まってまさに理想的な状態となった。正直、俺もこの空気感に飲まれそうになっていた。特にファンというわけではなかったが、気分が高揚《こうよう》してくる。これが雰囲気の力というやつなのか。

「それじゃあ、本日最初の曲いってみよー！」

　そういえばＭＶで曲を聴いたことはあるけれど、姉さんがライブしているところは初めて見る。一体どんな感じなんだろう。正直、普段の姉さんを見ていると不安の感情で押しつぶされそうだけれども、それでも期待の感情が湧いてくる。あの、料理しか取《と》り柄《え》がなかった姉さんが見つけた音楽の道。何をやらせても長続きしなかった姉さんが高校生時代から続けているものだ。だから、大丈夫だと信じたい。

姉さんの合図と共に演奏が始まる。

俺の中の不安は、ベースの一音目で完全にかき消された。俺は音楽に詳しいわけではないが、それでもこの音色は心に響くものがある。それぞれの楽器との調和も取れていて、ボーカルも良い歌声をしている。メジャーデビューしても通用するのではないかと思わせる程の完成度だ。

俺は正直、姉さんのことをバカにしていた。実際バカなんだけど、それでも自分の進むべき道を見つけて、歩んでいる。これができない人もいる中で、姉さんはそれをやっているんだ。

他の人に目を向けてみるとやはり目につくのは、MVを制作しているギター担当のリゼさんだ。３ＤＣＧの技術も高いし、こうして音楽活動もしているのは凄いと思う。体は小学生並に小さいのに、ギターをしっかりと演奏している。あの体格だとギターを持つのも大変だろう。それなのに、一生懸命真剣な表情でファンのために演奏をしている。

俺はステージに立ったことはないが、やはりステージに立って長時間演奏するのは体力を使うことだろう。あの体じゃリゼさんは一般的な女性に比べても体力がないのかもしれない。それなのに、ステージに立って盛り上げてくれている。その姿を見ていると不思議と心に来るものがあった。俺が今まで感じたことがない感情。胸の奥から熱い何かがこみあげてきて、頭をボーッとさせたりクラクラさせたり、とにかくこの感情に飲み込まれてしまいそうになった。

この感情は……もしかして、本当の意味でかっこいいものではないのだろうか。確かに体格が良くて体力もあって、困難に果敢《かかん》に立ち向かう姿は非常にかっこいいものがある。しかし、体が小さくてか弱いのに、それでも一生懸命に立ち回る。その姿もまたかっこよくて憧れるものなのだ。

決して見てくれだけじゃない。重要なのは立ち向かう意志なのだ。俺がヒーローやマッチョを見て憧れを感じなかったのは、体がでかくて体力があったら強くて当たり前だからだ。けれど、リゼさんは体が小さいのに、演奏で強さを見せてくれた。ここまでのパフォーマンスを身につけるのは決して楽な道ではなかったと思う。俺はリゼさんがしてきた努力の万分の一も知らない。けれど、この演奏を聴けば誰だって彼女の強さを理解できるはずだ。

かっこよくて憧れるだけじゃない。俺はリゼさんに敬意を表したい。16年生きてきて、真に尊敬できる女性に出会えた。そんな気がした。

「うぇーい！」

政井さんが急に俺の肩をバシバシと叩き始めた。感動していたのが台無しである。普段の冷徹《クール》な政井さんからは想像もできない行動だけど、それだけ盛り上がっているってことか。まあ、エレキオーシャンの演奏に免じてこの程度の攻撃は許してあげよう。俺は今最高に気分が良い。やっと、インスピレーションが湧いてきたのだ。今日は本当にライブに来て良かった。姉さんにチケットを押しつけられた時はどうしてくれようかと思ったけれど、今では姉さんに、リゼさんに感謝だな。

◇

ライブ終了後、帰宅した俺は記憶が鮮明な内に3Dモデル制作にとりかかった。もちろん、俺があのライブで見て憧れたのはリゼさんだ。

目を閉じて彼女の姿を思い浮かべる。そのイメージを一旦、イラストに起こす。3Dモデルを制作する際にはやはり参考になる資料が必要だ。記憶だけを頼りにしていると、どうしてもその時々でブレが生じてしまう。だから一旦イラストにしてイメージをきっちり固めるのだ。

イメージを固め終わった後は、それを3Dに落とし込む。何度も何度も調整をした。俺が感じたのは、見た目だけではないかっこよさ。それを見た目だけで表現するのは中々に骨が折れる作業だ。内側から出てくる精神性を外見から滲ませる必要がある。

演奏している一瞬のシーンを切り取る。リゼさんが最もかっこよく映えた瞬間。その時のポーズ。それに段々と目の前のオブジェクトが近づいていく。このちょっとずつ、確実に完成していく過程が楽しい。

あまりにも楽しくてハマりすぎて、ちょっと過剰に弄《いじ》りすぎてしまったかもしれない。なんというか、実際のリゼさんよりも美人というか……まあ、美化しすぎた感じがあるな。

でも、芸術作品は実物のものよりも美しく描かれるというし、いい方向に転がったんだからヨシ！　とするか。実物の再現だけが腕の見せ所じゃない。クリエイター独自の解釈や感性も差別化できる点だからな。

俺は完成した作品を師匠に送りつけた。これにて、俺の課題はコンプリート。後は再提出を食らわないことを祈るばかりだ。

◇

新着メールが届いた。これは、Ａｍｂｅｒ君からだな。どうやら、課題ができたらしい。提出期限ギリギリだけれども、きちんと期限を守れて偉いな。私は日々成長していく弟子の作品を心楽しみにしながらファイルを開いた。

ファイルを読み込んで表示された3DCGモデル。それを見て私は衝撃を受けた。

「え……？　これって、私じゃないか？」

私が使っているギター。ライブの時に来ていた衣装。体格、髪型、髪色。それぞれが全て私と一致している。偶然の一致にしては、出来過ぎているレベルだ。まさか、Amber君はあの時のライブにいたのか？　そして、私の正体に感づいていて……。

「いや、まさかな。そんなわけないいか」

流石に私の自意識過剰だろう。最近はショコラとのコラボMVがバズったし、きっとそれで偶然目に留まったに違いない。多分。

それにしても、かっこいいもの、憧れるものでギターを演奏する女性をチョイスしてくるとは。私もギターを弾いているから、そういう対象に見られているのかもしれない。可愛い弟子にそう思ってもらえるのは、悪い気がしないな。

なんだかやる気が出てきた。よし、私ももっと頑張ろう、弟子が憧れる師匠であるためにも、3DCGもギターもより一層励《はげ》まないとな。

とりあえず、今回の評定は、満点評価だ。決して私に似ていたから甘くなったわけではない。ただ、Amber君の作品の出来が非常に素晴らしいからこの点数をつけたのだ。決して、私が甘々のデレデレになったわけではない。そりゃ、多少はちょっと甘くなっている部分はあるかもしれないけれど、弟子に厳しく指導するだけではなく、時には甘やかしてあげないといけないからな。

◇

師匠から作品に対する評価がきた。

Ｒｉｚｅ：今までで最高の出来だ。よく頑張ったな。Ａｍｂｅｒ君の努力の跡が作品から感じられたよ。文句なしの合格だ

よし！　苦労して作った甲斐《かい》があったというものだ。今までで最高の出来だなんて、今回の師匠はなんか甘い気がするが。けれど、きちんとした評価を貰えたことがたまらなく嬉しい。

最高の評価を受けたことで、なんか来るところまできたって感じがするな。けれど、これに驕《おご》ってはいけない。今日、過去最高を更新できたのだったら、明日は更にその最高を更新しないといけない。

逆にハードル上がったたってことだな。これまでよりも目標を高くしていかなければこ

れ以上の成長は望めない。こんなところで満足していてはいけない。まだ上は目指せる！

けれど、確実に俺は成長している。夢へとまた近づいていて希望が湧いてきた。よし！　この希望を抱いた勢いで今日も自主的に制作してみよう。そして、また一歩夢へ近づくんだ。俺は、まだ長く険しい夢の道を歩き始めたばかりなのだから。

あとがき

本書を手に取っていただきありがとうございます。作者の下垣《したがき》です。

あとがきという名の隙《すき》をもらったので、少しばかり自分語りをしたいと思います。

私の中学時代の国語の成績は『1』でした。当然文才なんてあるはずもなく、作文も一行や二行くらいしか書けずに提出して最低評価をもらっていたわけです。

そんな私でもこうしてWEB小説を書いてコンテストで入賞し出版までできたわけです。自分には文才がないからと小説を書くことを諦めている人がもしいたら、その方たちに少しでも希望を与えられたなと思い自らの恥《はじ》を告白しました。


さて、そろそろ自分語りは終わりにして作品について語りましょう。私がこの作品を書き始めたのは、カクヨムの現代ドラマのランキングを見てふと「なんかVｔｕｂｅｒモノが上位を独占してますねぇ」と感じたのがきっかけです。そして「Vモノ書いたらウケるんじゃないか」と水素よりも軽い気持ちで執筆を決めました。

それからどんな内容にするのか五分くらい真剣に考えました。その結果「それ普通の配信者設定でも良くね？」ってなる設定を二個程ボツにしたところで、Vｔｕｂｅｒっぽく主人公とガワの性別を逆転させたほうが映《は》えるのではと思いつきました。さらに仮想空間であればものをどれだけ損壊させても問題ない。つまり、お屋敷を爆発炎上させまくるという現実では厳しいことだって可能じゃんと気づき、３ＤＣＧクリエイターの設定もつけてみました。

それが少しでもうまくいっていたならうれしいです。

長くなってしまいましたが、最後に謝辞を。

ショコラたちを最高に可愛く描いていただいた姫咲《ひめさき》ゆずる様。本当にありがとうございます。爆発炎上の口絵を見たときは思わず吹き出してしまいました。

そして担当のＩ様をはじめ、本書の出版に関わっていただいた皆さま、ありがとうございます。

なにより、本書を手に取っていただいた読者の皆さまへ、最大の感謝を述べさせていただきます。これからも琥珀とショコラの活躍を応援していただけたら幸いです。

■ご意見、ご感想をお寄せください。……………………………………………………………
ファンレターの宛て先
〒102-8177　東京都千代田区富士見2-13-3　ファミ通文庫編集部
下垣先生　　姫咲ゆずる先生

FBファミ通文庫

自作《じさく》3D《スリーディー》モデルを売《う》るためにサキュバスメイドVtuber《ブイチューバー》になってみた

1819

2023年3月30日　初版発行

◇◇◇

著　者　下垣《したがき》
発行者　山下直久
発　行　株式会社KADOKAWA
〒102-8177 東京都千代田区富士見2-13-3
電話 0570-002-301（ナビダイヤル）
編集企画　ファミ通文庫編集部
デザイン　株式会社コイル
写植・製版　株式会社スタジオ205プラス
印　刷　凸版印刷株式会社
製　本　凸版印刷株式会社

●お問い合わせ
https://www.kadokawa.co.jp/ （「お問い合わせ」へお進みください）
※内容によっては、お答えできない場合があります。
※サポートは日本国内のみとさせていただきます。
※Japanese text only

ISBN978-4-04-737376-1　C0193

定価はカバーに表示してあります。